순간에서 영원을

순간에서 영원을

김태균 엮고 지음
이혜선 사진

일요일에도 출근해 환자들을 돌보는 의사, 수술의 고통에 신음하는 환자들의 손을 감싸며 따스하게 위로하는 의사, 회복기의 환자들과 함께 산책하고, 명상하고, 시를 읽는 의사. "그 사람 아무도 못 당해." 동료 의사들이 머리를 내두르는 의사. 그런 의사가 이 세상에 있다. 그 신화적인 의사가 바로 김태균 원장이다.

그가 직원들과 환자들과 함께 읽을 '명시와 명언집'을 두 번째로 또 묶었다. 영구 보장판으로 잘 꾸며진 이 책에는 인문학적 식견도 높은 김 원장의 정성 다한 살뜰한 해설도 곁들여 있다. 누구에게나 권해도 좋은 격조 높은 인문학 서적이다.

— 조정래 소설가

시(詩)도 말씀이고 명언(名言)도 말씀입니다. 둘 다 성찰과 지혜의 빛을 비추는 거울이지요. 그 광각으로 세상의 참[眞]모습을 비추는[寫] 것이 사진이니, 이 책은 인간의 영혼을 투영하는 공감각적 거울이라 할 만합니다. 이렇게 맑은 빛이 우리의 심안(心眼)을 밝히는 순간, 놀라운 치유의 기적이 일어나지요. 그 이면에는 무릎뿐만 아니라 마음까지 치유하는 특별한 이의 손길이 숨어 있습니다. 삶의 짧은 '순간'들을 건강하고 행복한 '영원'의 길로 이어주면서 스스로 배경이 된 사람. 그의 치유 과정은 '상처가 꽃이 되는 과정'과 닮았습니다. 날마다 지혜를 닦는 시간을 통해 '몸 건강' '감정 건강' '마음 건강' '뜻 건강'을 실현하려고 함께 애쓰는 그와 동료들의 성스러운 손길이 참으로 거룩합니다.

— 고두현 시인

명시와 명언이 사진과 함께 있으면 글의 의미를 시각적 이미지
와 엮어 생각할 수 있어, 글의 뜻은 더 깊고 풍성하게 다가오고
사진은 더 쉽고 정겨운 느낌을 줍니다. 병원을 시작할 때의 첫
마음을 잊지 말자는 뜻에서 2020년 11월부터 매주 명시와 명
언을 선정하고 글의 내용에 어울리는 이해선 작가의 사진을 짝
지어 병원 직원들과 나누어 읽었습니다. 그 원고를 모아 『새롭게
또 새롭게』를 2022년 7월에 출간하였습니다.

책을 펴낸 이후에도 매주 명시와 명언, 그리고 사진을 선정하
여 읽고 나누는 일을 직원들과 함께해 왔습니다. 문학과 사진에
대한 전문적인 공부를 한 적도, 특별한 안목도 없는 제가 시와
사진을 엮어서 소개하는 송구스러움을 달래고자 시와 명언을
남긴 이들의 삶과 글을 함께 공부하여 제가 할 수 있는 선에서
최대한 친절하게 소개하고자 하였습니다.

일요일 오전에 자료를 찾아서 읽고 생각을 정리하여 글을 간
략히 적고, 병원의 모든 직원들을 위한 단체 소통 공간을 통해
공유하였습니다. 매주 일요일 오전 두 시간을 따로 마련하는 것
이 어려울 때도 있었지만, 명시와 명언을 선정하고 그에 어울리

는 사진을 짝짓는 과정은 고통보다는 즐거움이 더 컸습니다. 시와 시인, 그 시인의 또 다른 작품에 대해서도 살펴보고, 명언을 남긴 이가 어떠한 삶의 여정을 통해 그 주옥같은 명언을 탄생시켰는지를 생각해 보는 것은 제 스스로 속 뜰을 채워가는 충만한 시간이었습니다. 그렇게 모은 130여 편의 명시와 명언, 사진과 글을 책으로 엮어 출간합니다. 반복되는 일상 속에서도 늘 새로운 마음으로 팀과 함께 하루를 열어가고자 하는 이들에게 이 책이 작은 격려가 되기를 바랍니다.

3년이 넘도록 매주 명시와 명언에 어울리는 사진 후보작들을 골라서 보내준 이해선 작가께 먼저 감사의 인사를 드립니다. 하루도 쉬지 않고 오늘의 명언을 선정해 공유함으로써 '한 주의 명언 선정'에 씨앗을 뿌려준 티케이 아카데미(TK Academy) 이슬희 팀장께도 고마운 마음을 전합니다.

2024년 6월
티케이 라이프 케어 연(蓮)에서
무릎의사 김태균

| 차례 |

2장　여름

4장 겨울

1장

봄

인생의 날씨

존 러스킨

햇빛은 달콤하고
비는 상쾌하고
바람은 시원하며
눈은 기분을 들뜨게 만든다
세상에 나쁜 날씨란 없다
서로 다른 종류의
좋은 날씨만 있을 뿐이다.

스피티 밸리, 2008

위대한 성취

위대한 것을 얻기 위해서는 행동할 뿐만 아니라 꿈을 꾸어야 하고, 계획할 뿐만 아니라 믿어야 한다.

To accomplish great things, we must not only act, but also dream; not only plan, but also believe.

아나톨 프랑스

몽골, 2022

인생의 봄날

세상을 살아가면서 내가 원하는 조건들이 모두 갖추어지는 세월이 얼마나 될까요? 맑으면 맑아서, 흐리면 흐려서, 더우면 더워서, 추우면 추워서 좋은 것으로 받아들이면, 매일이 최고의 날씨이고, 봄·여름·가을·겨울 모두가 인생의 봄날이 될 수 있을 겁니다.

존 러스킨은 19세기에 영국에서 미술 및 건축 평론가로서 활동하였습니다. "세상에 나쁜 날씨는 없다. 서로 다른 좋은 날씨만 있을 뿐이다"라는 그의 시는 눈앞에 펼쳐지는 산과 들이 4월의 연두색 옷에서 5월의 초록색 옷으로 갈아입는 아름다운 계절에 잘 어울리는 시입니다.

아나톨 프랑스는 프랑스 혁명 관련 서적과 논문을 많이 취급하는 서점을 경영하는 아버지의 영향으로 어린 나이부터 문학가나 지식인을 접할 기회가 많았으며 일생을 서적 애호가로서 살았습니다. 그의 이름도 아버지가 운영하던 서점의 이름입니다. 1921년에는 노벨 문학상을 수상하였지요.

"위대한 일은 행동하고, 꿈꾸고, 진정으로 믿음으로써 이루어진다"라는 그의 말은 에밀 졸라와 함께 19세기 말 프랑스와 영국을 뒤흔든 국수주의적 광기에 결연하게 반대한 그의 용기 있는 행동이 어디에서 비롯되었는지를 알려주는 멋진 경구입니다.

2

선물

기욤 아폴리네르

만일 당신이 원하신다면
난 당신께 드리겠어요.
아침을, 나의 밝은 이 아침을.
그리고 당신이 좋아하는
나의 빛나는 머리카락과
아름다운 나의 푸른 눈을.

만일 당신이 원하신다면
난 당신께 드리겠어요.
따사로운 햇살 비추는 곳에서
눈뜨는 아침 들려오는 모든 소리를.
근처 분수 속에서 치솟아 오르는
감미로운 맑은 물소리들을.

이윽고 찾아들 석양을,
나의 쓸쓸한 마음의 눈물인 저 석양을.
또한 조그마한 나의 여린 손과
그리고 당신의 마음 가까이
놔두지 않으면 아니 될
나의 마음을.

보길도, 2023

넘어질 때마다 다시 일어서라

삶에서 최고의 영예는 절대 넘어지지 않는 게 아니라,
넘어질 때마다 다시 일어서는 것이다.

The greatest glory in living lies not in never falling, but in
rising every time we fall.

넬슨 만델라

빅토리아 폭포, 1993

사랑하는 마음

기욤 아폴리네르는 20세기 초에 나타난 현대미술 사조를 가장 앞장서서 옹호한 프랑스의 시인이자 미술평론가입니다. 화가 피카소와 가깝게 지낸 것으로도 유명합니다. "나는 개인적으로 현대미술을 진심으로 찬양한다. 왜냐하면 현대미술은 이제까지 인류 역사에서 가장 담대한 학파이며, 사물에 어떤 아름다움이 존재하는가를 묻는 것이기 때문이다"라는 그의 글은 현대미술에 대한 그의 진심 어린 지지입니다.

「선물」은 평생을 두고 변하지 않는 사랑하는 마음을 아침, 점심, 저녁에 주는 선물로 상징하는 사랑스럽고 깊은 시입니다.

넬슨 만델라는 27년 동안의 감옥 생활에서도 따뜻한 사랑의 마음과 존엄한 정신을 간직하였다고 알려져 있습니다. 남아프리카공화국 최초의 흑인 대통령으로서 용서와 화합, 그리고 미래에 대한 희망으로 인종간의 분열과 갈등으로 얼룩진 나라에 발전의 첫걸음을 걷게 한 사람입니다. 우리나라에도 두 차례 방문하여 좋은 뜻을 나누어주었지요.

삶과 경험에서 우러난 그의 명언은 오늘날에도 많은 이들에게 영감과 용기의 원천이 되고 있습니다. "넘어질 때마다 다시 일어서는 것"이라는 말은, "끝까지 해보기 전까지는 늘 불가능해 보인다"라는 그의 또 다른 명언과 함께 우리에게 지혜를 선사합니다.

누군가를 지극히 사랑하는 마음과, 가슴에 품은 뜻을 한결같이 지켜나가는 마음은 얼핏 생각하면 다른 것처럼 느껴집니다. 그러나 가만히 생각해 보면, 세월이 지나도 변치 않고 사랑하는 마음과, 시련과 역경에도 굴하지 않고 뜻을 굳게 지켜나가는 마음은 한 뿌리에서 나온 두 줄기 나무와도 같습니다.

우화의 강 1

마종기

사람이 사람을 만나 서로 좋아하면
두 사람 사이에 서로 물길이 튼다.
한쪽이 슬퍼지면 친구도 가슴이 메이고
기뻐서 출렁이면 그 물살은 밝게 빛나서
친구의 웃음 소리가 강물의 끝에서도 들린다.

처음 열린 물길은 짧고 어색해서
서로 물을 보내고 자주 섞여야겠지만
한세상 유장한 정성의 물길이 흔할 수야 없겠지.
넘치지도 마르지도 않는 수려한 강물이 흔할 수야 없겠지.

긴말 전하지 않아도 미리 물살로 알아듣고
몇 해쯤 만나지 못해도 밤잠이 어렵지 않은 강,
아무려면 큰 강이 아무 의미도 없이 흐르고 있으랴.
세상에서 사람을 만나 오래 좋아하는 것이
죽고 사는 일처럼 쉽고 가벼울 수 있으랴.

큰 강의 시작과 끝은 어차피 알 수 없는 일이지만
물길을 항상 맑게 고집하는 사람과 친하고 싶다.
내 혼이 잠잘 때 그대가 나를 지켜보아주고

그대를 생각할 때면 언제나 싱싱한 강물이 보이는
시원하고 고운 사람을 친하고 싶다.

강진, 2011

세상을 보는 방법

사물을 바라보는 방식을 바꾸면, 당신이 바라보는 사물 자체
가 변한다.

When you change the way you look at things, the things you
look at change.

웨인 다이어

라자스탄, 2007

내 안목이 높아지면

마종기 시인은 우리나라 최초의 동화작가인 마해종 시인의 아들이며, 연세대학교 의과대학을 졸업하고 공군 군의관을 하는 도중 한일협정조인 반대에 서명을 한 이후로 겪게 된 사연들 때문에 미국으로 떠났습니다.

이후 오하이오 대학에서 영상의학과 교수로 학생들을 가르치면서 시작 활동을 해왔지요. "세상에서 사람을 만나 오래 좋아하는 것이/ 죽고 사는 일처럼 쉽고 가벼울 수 있으랴." 사랑과 우정의 소중함을 조용하게 우뢰와 같이 외치는 절창입니다.

웨인 다이어는 불우한 가정에서 태어나 그 시련과 어려움을 극복하는 과정에서 길러진 지혜와 낙천성으로 수많은 사람들에게 용기와 영감을 준 자기계발 지도자였습니다. "사물을 바라보는 방식을 바꾸면, 당신이 바라보는 사물 자체가 변한다"는 말은 살면서 늘 경험하는 지혜의 명언입니다.

성장하고 성숙한다는 것은 내 밖의 대상이 바뀌는 것이 아니라, 내 안목이 높아지고, 내 속 뜰이 넓어진다는 뜻이겠지요. 우정이든 사랑이든 그 대상을 바라보는 나의 안목과 뜰이 성장할 때, 우정도 사랑도 깊어지는 것이 아닐까 싶습니다.

무지개

윌리엄 워즈워스

하늘의 무지개를 바라보면
내 마음은 뛰노나니.
나 어려서 그러하였고
어른이 된 지금도 그러하거늘
나 늙어서도 그러하리다.
아니면 이제라도 나의 목숨 거두어가소서.

어린이는 어른의 아버지
바라노니 내 생애의 하루하루를
천성의 경건한 마음으로 살아가게 하소서.

샤허, 2003

당신이 믿는 대로 이루어진다

삶은 생각하는 대로나 원하는 대로가 아니라,
당신이 믿는 대로 이루어진다.

You become what you believe, not what you think or what
you want.

오프라 윈프리

담양, 2015

가장 큰 모험

윌리엄 워즈워스는 영국의 낭만주의 문학을 처음 연 시인으로 인정되며, 1770년에 태어나 1850년에 세상을 떠났습니다. 아주 어려서 부모님을 여의었음에도 케임브리지 대학에 진학해 공부하였으며, 프랑스 혁명이 일어나던 시기에 프랑스에 머물면서 민중에 대한 연민을 갖게 되었다고 합니다.

보통 사람들이 접하는 자연과 일상생활에 대한 상념들을 쉽고 단순한 영어로 표현한 그의 시는 많은 이들의 사랑을 받았습니다. 그중 가장 많은 사랑을 받고 있는 시가 바로 이 시 「무지개」입니다. 하늘의 무지개를 볼 때마다 가슴의 설렘을 느끼며 살아가는 것은 어려서도, 어른이 되어서도, 또 늙어서도 지속될 것이며, 이런 경이로움에 대한 설렘을 간직하며 사는 것이 가치 있는 삶임을 강조하는 멋진 시입니다.

오프라 윈프리는 따로 설명이 필요 없는 이 시대의 가장 영향력 있는 방송인이며 기업가이고, 현자입니다. 1954년에 가난한 집에서 태어나 10대에는 미혼모가 되기도 했습니다. 방송국 견학 중 우연히 음성 오디션에 참여한 것을 계기로 시작한 토크쇼를 미국에서 가장 인기 있는 토크쇼로 성장시켜 수많은 연예인과 정치인, 그리고 종교인들이 그 토크쇼의 게스트로 출연하였습니다.

"삶은 생각하는 대로나 원하는 대로가 아니라, 당신이 믿는 대로 이루어진다"라는 그의 명언은 믿는 것과 생각하고 바라는 것이 무슨 차이가 있는 것일까를 생각하게 합니다. 믿는다는 것은 매일의 생활 속에 한결같이 지속되어야 하고, 마음과 행동 속에 심겨야 하며, 삶을 이끌고 나가는 나침반이 된다는 것이, 생각하고 원하는 것과 다른 점이겠지요.

"당신이 할 수 있는 가장 큰 모험은 바로 당신이 꿈꾸던 삶을 살아가는 것이다"라는 오프라 윈프리의 또 다른 명언은, 윌리엄 워즈워스의 「무지개」와 함께 꿈과 목표를 실현하기 위해 노력하는 삶이 행복하고 가치 있음을 일깨워줍니다.

5

내가 그대를 얼마나 사랑하느냐고요?

엘리자베스 B. 브라우닝

내가 그대를 얼마나 사랑하느냐고요?
얼마나 사랑하는지 헤아려보죠. 존재와 은총을 베푸는
이상적인 존재의 끝까지 눈에 보이지 않게 느낄 때,
내 영혼이 닿을 수 있는 깊이와 넓이와 높이까지
나는 그대를 사랑해요. 햇빛과 촛불 곁에서, 일상생활에서
가장 조용한 필요에 이르기까지 나는 그대를 사랑해요.
사람들이 권리를 위해 투쟁하듯이, 나는 그대를 자유로이 사랑해요.
사람들이 칭찬으로부터 돌아서듯이, 나는 그대를 순수하게 사랑해요.
옛날에 내가 슬픔에 쏟았던 정열로, 내 어린 시절의 신앙으로
나는 그대를 사랑해요. 내가 잃어버린 성자들과 함께
내가 잃어버린 것 같은 사랑으로 나는 그대를 사랑해요.
내 평생의 숨결과 미소와 눈물로 나는 그대를 사랑해요!
그리고 만일 하느님이 허락하신다면,
나는 죽은 후에도 오로지 그대를 더욱더 사랑할 거예요.

로마, 2017

마음을 내어라

모양과 소리, 향기와 맛, 촉감과 뜻에 머물지 말고
마음을 내어라.
그 어디에도 머물지 말고 그 마음을 내어라.

不應住色生心 不應住聲香味觸法生心 應無所住 而生其心.

『금강경』 중에서

미륵사지, 1993

간절함

엘리자베스 브라우닝은 영국의 여성 시인으로 1806년에 태어나서 1861년 세상을 떠났습니다. 영문학 역사상 가장 유명한 사랑 이야기를 남긴 이라 불러도 과하지 않을 것입니다. 어려서부터 희귀병으로 고통을 겪었고, 시인으로서 많은 이들에게 알려진 마흔 살에 여섯 살 아래인 로버트 브라우닝의 편지를 통한 구애를 받고, 부모의 반대에도 불구하고 이탈리아로 떠났습니다.

어느 날 엘리자베스 브라우닝이 로버트 브라우닝의 주머니에 넣어두었다는 이 시는 사랑하는 이에 대한 간절한 마음을 절절하게 표현한 절창입니다.

붓다는 오늘날의 네팔 남부에 해당하는 인도의 북동부에 위치한 작은 나라 가필라국의 왕자로 태어나 스물아홉에 출가하여 6년의 수행 끝에 서른다섯에 깨달음을 얻고 이후 45년 동안 사람들에게 고통을 여의고 행복의 길로 나아가는 법을 가르쳤습니다.

"그 어디에도 머물지 말고 그 마음을 내어라"는 불법의 가장 심오한 가르침이 담겨 있다고 인정되는 『금강경(금강반야바라밀경)』에 나오는 구절입니다. 중국 불교는 물론 우리나라 불교에도 중요한 영향을 끼친 중국 선종의 6대 조사인 혜능 스님이 청년 때 시장에서 어느 스님이 읽어주는 이 구절을 듣고 마음을 내어서 출가하게 되었다는 유명한 가르침입니다. '공명심을 내지 말고, 본질에 충실하며 노력하라'는 말로 이해할 수 있을 듯합니다.

6

참 좋은 당신

김용택

어느 봄날
당신의 사랑으로
응달지던 내 뒤란에
햇빛이 들이치는 기쁨을
나는 보았습니다
어둠 속에서 사랑의 불가로
나를 가만히 불러내신 당신은
어둠을 건너온 자만이
만들 수 있는
밝고 환한 빛으로
내 앞에 서서
들꽃처럼 깨끗하게
웃었지요
아,
생각만 해도
참
좋은
당신

판교, 2022

성공과 실패

성공은 영원하지 않으며, 실패는 끝이 아니다.

Success isn't permanent and failure isn't fatal.

마이크 딧카

몽골, 2022

내 안의 두 스승

실패하여 난관에 봉착하고 좌절의 아픔을 겪는 것은 세상을 살아가면서 누구에게나 늘 있는 일입니다. 넘어졌을 때할 수 있는 일로는 네 가지가 있습니다. 울며불며 신세를 한탄하는 것. 넘어진 김에 쉬어가는 것. 툭툭 털고 일어나서가던 길을 가는 것. 나를 넘어지게 하는 돌부리를 뽑아내어다른 사람은 넘어지지 않게 하는 것. 네 가지 중 어느 길을선택하느냐에 따라서 현재의 마음과 미래의 행복이 달라지겠지요.

어둠 속에서 희망이 있는 '사랑의 불가'로 우리를 불러내는 「참 좋은 당신」, 그리고 성공과 실패가 영원하지 않다는'엄한 스승', 두 존재 모두 내 안에 있는 참 스승이겠지요. 내안에 늘 함께 있는 두 스승을 만나며 살아가는 우리가 되었으면 합니다.

천리포수목원, 2015

7

안부

김초혜

강을 사이에 두고
꽃잎을 띄우네

잘 있으면 된다고
잘 있다고

이때가 꽃이 필 때라고
오늘도 봄은 가고 있다고

바라나시, 2008

원하는 모든 것을 이루는 법

만약 당신이 다른 사람들이 원하는 것을 얻도록
마음을 다해 돕는다면,
당신이 원하는 모든 것을 얻을 수 있다.

You can have everything in life you want, if you will just help
other people get what they want.

지그 지글러

그리스, 1993

등대 같은 어른

　한 사람의 말은 긴 세월 한결같은 궤적으로 나타나는 삶의 모습과 일치할 때 무게를 지닙니다. 시와 시인의 관계도 마찬가지입니다. 시에서 노래하는 내용이 시인의 행동과 삶에서의 모습으로 뒷받침될 때 더 아름답습니다. 어렵고 화려한 시어가 아니고 쉽고 진실된 시어, 표현이 과하지 않고 생각과 감정이 안으로 무르익어서 절제된 표현으로 나타날 때, 그 시의 울림이 더 크고 더 오래 남습니다. 쉬운 시어, 절제된 표현, 오래 남는 향기와 울림을 특징으로 하는 「안부」는 김초혜 시인의 시 세계를 잘 보여주는 멋진 시입니다.

　1943년에 충청북도 청주에서 태어나 동국대학교 국문학과를 졸업한 후에 1964년 《현대문학》으로 등단한 시인은, 수많은 시집과 수필집을 출간했고, 지금은 우리나라 문단의 중심 원로로서 활동하고 있습니다. 조정래 작가의 『태백산맥』과 같은 장려한 호흡의 문학 세계가 탄생하기까지는 김초혜 시인의 동지이자 도반으로서의 역할 또한 중요했을 것으로 생각합니다. 두 개의 굴렁쇠가 때로는 겹친 원으로 때로는 떨어진 원으로 앞서거니 뒤따르거니 하면서 멀리멀리 퍼져가는 메아리 같은 부부의 인연을 보여줍니다. 아무쪼록 건강하게 오래오래 행복하게 이 세상에 계시면서 세상을 위한 등대 같은 삶을 지속하여 주실 것을 기도합니다. 시인 이름처럼 시들지 않는 처음[初] 풀향기[蕙]처럼.

"만약 당신이 다른 사람들이 원하는 것을 얻도록 마음을 다해 돕는다면, 당신이 원하는 모든 것을 얻을 수 있다"는 미국에서 가장 인기 있는 동기부여 강사로 활동한 지그 지글러의 명언입니다. "당신의 지위를 결정하는 것은 적성이 아니라 태도다" "시작할 때 위대할 필요는 없지만, 위대해지기 위해서는 시작해야 한다" 등의 명언을 남겼습니다.

자주 뵙지는 못해도 늘 가까이 계신 것처럼 느껴지는 분이 있습니다. 그분을 생각하면서, 내가 가고 있는 길이 바른 곳을 향하고 있는지를, 발걸음이 흐트러진 것은 아닌지를 살피게 됩니다. 중요한 결정을 할 때는 그분은 어떻게 생각하실까를 스스로에게 묻습니다. 살면서 그런 어른을 모시고 살 수 있다는 것은 참으로 큰 복이 아닐 수 없습니다.

8

호수 1

정지용

얼굴 하나야
손바닥 둘로
폭 가리지만,

보고 싶은 마음
호수만 하니
눈감을 밖에.

고삼호수, 2015

나무 위에서도 경치를 즐기라

낙관론자란 사자에게서 도망치느라 나무 위에 올라가서도 경
치를 즐기는 사람이다.

An optimist is someone who gets treed by a lion but enjoys
the scenery.

월터 윈첼

제주, 2011

바로 이 순간

정지용 시인의 시 「향수」는 가수 이동원과 성악가 박인수가 함께 부른 가요 〈향수〉의 노랫말로 쓰여 더욱 유명해졌습니다. 정지용 시인은 1902년 충청북도 옥천에서 태어났고, 휘문고와 일본 도시샤 대학 영문과를 졸업한 우리나라 1세대 현대시인입니다. 6·25전쟁이 발발한 1950년에 납북되던 중 폭격으로 사망하였는데, 그 사실이 알려지지 않아 예전에는 스스로 북한으로 넘어간 작가로 분류되는 바람에 그의 책이 금서로 취급되었던 슬픈 사연이 있습니다.

이러한 사실이 알려지고 나서는 우리 문학의 발전에 크게 기여한 시인으로 재평가되었습니다. 또한 윤동주 시인과, 청록파로 불리는 조지훈, 박목월, 박두진 시인을 발굴하여 추천한 이도 정지용 시인이라고 합니다. 「호수 1」은 가슴 절절한 그리움의 감정을 호수에 비유한 절제된 시어로 멋지게 표현하고 있습니다.

월터 윈첼이 묘사한 낙관론자는 그 이미지를 상상하는 것만으로도 누구나 빙그레 웃음이 나옵니다. 어떤 상황에서든지 희망을 잃지 않고 발전을 위한 기회로 삼고, 무엇보다도 그 순간을 즐길 수 있는 마음가짐을 가지라는 명언입니다. 우리가 살면서 늘 잊지 않아야 하는 멋진 가르침입니다.

누군가를 그리워하고 무엇인가를 바랄 때, 우리는 흔히 그 사람을 만나고 바라는 일이 이루어질 때까지 고통을 참으며 견디어야 하는 시간으로 생각합니다. 그러나 사자에게 쫓겨 나무 위에 올라가서도 주변의 경치를 즐길 줄 아는 낙관론자의 여유를 배운다면, 꿈을 간직하는 것이 현재를 참고 견디어야 하는 일이 더 이상 아니라는 것을 알 수 있습니다. 바로 이 순간을 가장 행복한 시간으로 만들 수 있는 것이지요.

9

그냥

문삼석

엄만
내가 왜 좋아?

―그냥…….

넌 왜
엄마가 좋아?

―그냥…….

화성, 2016

지혜는 평생의 노력으로 얻는 것

지혜란 학교에서 배워 획득하는 게 아니라
평생의 노력으로 얻는 것이다.

Wisdom is not a product of schooling but of the lifelong
attempt to acquire it.

알베르트 아인슈타인

이천, 2015

'그냥'이 어울리는 사람

　문삼석 시인은 40여 년간 초·중·고교에서 교편생활을 오래 하면서 어린이들을 위한 좋은 시와 동화를 많이 썼습니다. 한국아동문인협회장도 역임했습니다. 「그냥」은 설명이 필요 없는 명시입니다. 내 마음속 이야기를 단 한 마디로 나타내기에는 너무 소중해서 유장한 산문이 필요한 경우도 있지만, 반대로 여러 말을 붙이는 것이 그저 군더더기로 느껴지는 경우가 있습니다. 그럴 때는 그냥~.

　알베르트 아인슈타인은 아이작 뉴턴과 함께 현대 물리학의 근본을 세운 학자입니다. 과학에 기여한 공로도 크지만, 인권이나 환경 등 전 인류의 권익 옹호를 위해서도 활발하게 활동하였습니다. '지혜는 평생의 노력으로 얻는 것'이란 말은, 그가 남긴 지혜에 대한 멋진 정의입니다.

재활 치료 중인 환자들과 함께 하는 명상 시간의 이름이 '위즈덤 세션(wisdom session)', 즉 지혜를 키우고자 하는 시간입니다. 무엇에 대해서 아는 것을 지식이라고 하고, 할 줄 아는 능력을 기술이라고 한다면, 지혜는 '상황에 맞는 현명한 판단으로 나와 남을 행복하게 할 수 있는 능력'이라 정의할 수 있겠지요. 아인슈타인의 지혜에 대한 성찰은 그 정곡을 찌른다고 할 수 있습니다.

봄비 내리는 날 아침, 노랗게 핀 산수유를 산책 중에 보고 기뻐했던 기억이 떠오릅니다. 그 무렵 병원 옥상에 있는 정원에는 전 해 여름 태풍으로 뿌리 뽑힌 단풍나무 대신에 단정한 반송 한 그루를 심었습니다. 이름은 '강정화'라고 붙였지요. 강정화는 스스로를 '풀 뽑고 풀 심는 전문가'라고 부르는 정원사입니다. 병원 옥상 정원을 조성하기도 했습니다. 현재는 우리나라 고유의 식물을 연구, 보존하는 일에 매진하고 있는 아름다운 사람입니다. 강정화는 '그냥~'이 참 잘 어울리는 나무이며 사람입니다.

10

먼 후일

김소월

먼 후일 당신이 찾으시면
그때에 내 말이 '잊었노라'

당신이 속으로 나무라면
'무척 그리다가 잊었노라'

그래도 당신이 나무라면
'믿기지 않아서 잊었노라'

오늘도 어제도 아니 잊고
먼 후일 그때에 '잊었노라'

안성, 2012

행복은 가까운 곳에

어리석은 자는 저 먼 곳에서 행복을 찾지만,
현명한 사람은 자신의 발아래에서 행복을 키워나간다.

The foolish man seeks happiness in the distance;
the wise grows it under his feet.

제임스 오펜하임

인도, 2007

닮은 듯 먼 듯

우리나라 사람에게 가장 사랑하는 시인이 누구냐고 물으면 아마도 많은 분들이 김소월 시인을 꼽을 것입니다. 그는 짧은 33년의 생을 사는 동안 「진달래꽃」「엄마야 누나야」「못 잊어」「개여울」「산유화」「금잔디」「예전엔 미처 몰랐어요」「나는 세상 모르고 살았노라」 등의 주옥같은 작품을 발표했습니다.

그가 스스로 정한 호, '소월(素月)'의 뜻인 '하얀 달'처럼 '한(恨)의 정서'로 표현되는 우리 민족의 대표적 감성을 여성 화자의 입장에서 섬세하게 표현한 많은 시들이 가곡과 가요로 만들어져 사랑받고 있습니다.

소월을 사랑하는 어느 시인은 "소월의 시를 읽지 않고 어찌 시를 읽었다고 할 수 있을까. 소월의 시를 읽지 않고 어찌 시를 쓴다고 할 수 있을까"라고 표현한 바 있습니다. 오늘 소개하는 「먼 후일」은 소월 시의 특성을 잘 드러내는 사랑스러운 시임에 분명합니다.

제임스 오펜하임은 미국 콜롬비아 대학에서 공부하였고, 영감을 주는 많은 시를 발표하였는데, 여성 노동자의 권익을 옹호하는 시로 알려진 「빵과 장미」도 발표한 바 있습니다. 1882년에 태어나서 1932년에 세상을 떠났으니 50년의 짧은 삶을 산 분입니다. 닮은 듯 먼 듯, 우리에게 특별한 감명을 주는 두 시인의 시와 명언입니다.

11

향수

정지용

넓은 벌 동쪽 끝으로
옛이야기 지즐대는 실개천이 휘돌아 나가고,
얼룩백이 황소가
해설피 금빛 게으른 울음을 우는 곳,

─그곳이 차마 꿈엔들 잊힐리야.

질화로에 재가 식어지면
빈 밭에 밤바람 소리 말을 달리고,
엷은 졸음에 겨운 늙으신 아버지가
짚베개를 돋아 고이시는 곳,

─그곳이 차마 꿈엔들 잊힐리야.

흙에서 자란 내 마음
파란 하늘 빛이 그리워
함부로 쏜 화살을 찾으려
풀섶 이슬에 함추름 휘적시던 곳,

─그곳이 차마 꿈엔들 잊힐리야.

전설 바다에 춤추는 밤물결 같은
검은 귀밑머리 날리는 어린 누이와
아무렇지도 않고 예쁠 것도 없는
사철 발벗은 아내가
따가운 햇살을 등에 지고 이삭 줍던 곳,

―그곳이 차마 꿈엔들 잊힐리야.

하늘에는 석근 별
알 수도 없는 모래성으로 발을 옮기고,
서리 까마귀 우지짖고 지나가는 초라한 지붕,
흐릿한 불빛에 돌아앉아 도란도란거리는 곳,

―그곳이 차마 꿈엔들 잊힐리야.

안성, 2011

오늘의 햇살을 즐기라

어떤 이들은 비 올 때를 철저히 대비하느라 오늘의 햇살을 즐기지 못한다.

Some people are making such thorough preparation for rainy days that they aren't enjoying today's sunshine.

윌리엄 페더

말리, 2007

오늘 한 걸음씩

정지용 시인의 「향수」는 별도의 소개가 필요 없을 정도로 한 소절 한 소절이 절창입니다. 지난번에 출간한 책『새롭게 또 새롭게』에는 몇 가지 이유로 수록하지 못해 아쉬움이 많이 남았습니다. 이 작품은 시 앤솔로지라면 '꼬옥' 포함시키고 싶은 우리들의 소중한 고향, 소중한 사람들에 대한 연가입니다.

윌리엄 페더는 기자이자 작가, 그리고 출판인으로 미국에서 크게 성공한 사람으로, 다수의 저서와 함께 촌철살인 지혜의 말을 많이 남겼습니다. "어떤 이들은 비 올 때를 철저히 대비하느라 오늘의 햇살을 즐기지 못한다"를 읽으면, 슬프게도 우리 모두 조금씩은 그 '어떤 사람'에 속하는 것은 아닌가 하는 생각이 듭니다.

통일의 필요성을 역설하고, 지금 할 수 있는 일을 강조하는 법륜 스님께 어떤 이가 질문했습니다. "통일이 어느 세월에 오겠습니까? 우리가 아무리 애를 써도 우리가 살아 있는 동안에 통일이 이루어질 가능성은 없지 않을까요?"

그 물음에 스님께서는 "통일의 가능성을 믿고, 그 가능성을 이루기 위해서 내가 할 수 있는 한 가지를 행한다면, 그 사람은 이미 통일의 기쁨을 느끼고 즐기며 살고 있는 것입니다"라고 대답하셨습니다.

그렇습니다. 누구나 꿈을 꿀 수 있습니다. 그 꿈을 향해서 오늘 한 걸음씩 옮겨가면 이미 그 꿈은 이루어진 것입니다. "어제는 역사다. 내일은 알 수 없다. 오늘은 '선물'이다(Yesterday is history. Tomorrow is mystery. Today is PRESENT.)"라는 말처럼 말입니다.

12

도움말

랭스턴 휴스

내 말을 잘 듣게, 여보게들.
태어난다는 것은 괴로운 일.
죽는다는 것은 비참한 일이지.
그러니 꽉 붙잡아야 하네.
사랑하는 일을 말일세.
태어남과 죽음의 사이에 있는 시간 동안.

토스카나, 2017

오래전 심은 나무 덕분에

오늘 그늘에서 쉴 수 있는 이유는 오래전 누군가 한 그루의
나무를 심었기 때문이다.

Someone is sitting in the shade today because someone
planted a tree a long time ago.

워런 버핏

라자스탄, 2007

사랑하는 일

　랭스턴 휴스는 1900년대 초중반에 미국의 흑인 예술을 이끈 시인입니다. 「도움말」은 누구도 피할 수 없는 태어남과 죽음의 사이, 그 찰나 같은 동안 '사랑하는 일'을 꽉 잡으라는 지혜를 담고 있습니다. 무엇을 사랑할 것인지 정하는 것은 우리들 각자의 몫입니다.

　자본주의가 시작된 이래로 가장 뛰어난 투자의 귀재로 알려진 워런 버핏은 올해 94세를 맞았습니다. 재산이 150조가 넘어 전 세계에서 가장 큰 부자 중 한 명에 포함되지요. 투자 자문은 물론, 삶에서 도움이 될 수 있는 지혜의 말을 많이 남겨, 그가 오랜 기간 살고 있는 미국 중부 네브라스카주 오마하의 지명을 따서 '오마하의 현인'으로도 불립니다.

"오늘 그늘에서 쉴 수 있는 이유는 오래전 누군가 한 그루의 나무를 심었기 때문이다"라는 말은 우리가 지금 누리고 있는 것들에 대해서 선인들에게 감사함을 잊지 말고, 또 우리가 오늘 하는 일들이 뒤에 오는 사람들에게 도움이 되는 가치 있는 일임을 일깨워주는 지혜의 말입니다.

후일에 오는 사람들이 더위에 지쳤을 때 앉아서 쉴 수 있는 그늘을 만드는 나무 심는 일, 그것은 태어남과 죽음 사이에 있는 동안 꼭 붙잡아야 할 '사랑하는 일'일 거라 생각합니다.

13

약해지지 마

시바타 도요

있잖아, 불행하다고
한숨짓지 마

햇살과 산들바람은
한쪽 편만 들지 않아

꿈은
평등하게 꿀 수 있는 거야

나도 괴로운 일
많았지만
살아 있어 좋았어

너도 약해지지 마

야쿠시마, 2014

미래를 위한 지혜

실수는 사람의 힘으로 막지 못한다.
그러나 지혜롭고 훌륭한 사람은 실수를 통해
미래를 위한 지혜를 배운다.

To make no mistake is not in the power of man;
but from their errors and mistakes the wise and good learn
wisdom for the future.

플루타르코스

나가사키, 2023

성장할 수 있는 시간

남편과의 사별 후 취미로 하던 일본 무용을 허리 통증으로 더 이상 할 수 없어서 실의에 빠져 있다가 아들의 권유로 92세의 나이에 시를 쓰기 시작한 할머니 시인 시바타 도요. 98세인 2009년에 자비 출판한 시집 『약해지지 마』가 일본에서만 160만 부 팔리면서 NHK 등 여러 방송에도 출연하며 일본에서 가장 유명하고 사랑받는 시인이 되었습니다. 101세에 별세할 때까지 지혜와 사랑을 나누어주는 멋진 삶을 살았지요. "있잖아, 불행하다고/ 한숨짓지 마// 햇살과 산들바람은/ 한쪽 편만 들지 않아"가 교보문고의 '광화문 글판'에 소개되면서 우리나라 독자에게도 널리 사랑받았습니다.

"실수는 사람의 힘으로 막지 못한다. 그러나 지혜롭고 훌륭한 사람은 실수를 통해 미래를 위한 지혜를 배운다"는 그리스와 로마를 대표하는 인물 46명을 둘씩 짝지어 소개한 『플루타르코스 영웅전』으로 유명한 로마의 철학자이자 정치가이며 전기 작가인 플루타르코스의 지혜가 담긴 명언입니다.

'영웅전'에 쌍으로 짝지은 인물들 중에는 그리스의 알렉산드로스 대왕과 로마의 율리우스 카이사르가 있습니다. 플루타르코스가 두 인물의 외적인 삶의 궤적보다 내면의 특성을 더욱 심도 있게 다룬 것에서 드러나듯이, 그의 명언은 평생의 통찰에서 나온 것임을 알 수 있습니다.

　우리 모두 지난 세월을 돌아보면 뜻대로 되지 않은 일로 실의에 빠진 적도 있고, 또한 많은 실수와 오류를 만들며 살아왔습니다. 지금도, 미래에도 또 그렇게 살아갈 것입니다. 그러나 가만히 생각하면 그로 인해서 겪게 된 번민과 고통을 통해 성장할 수 있는 시간을 갖게 되었으니, 앞으로의 세월에서도 실수하고 오류를 만들게 될 것을 걱정하는 대신 그 과정에서 더 많은 것을 배우고 성장할 수 있는 기회로 삼겠다는 마음을 갖습니다.

14

맑고 향기롭게

『숫타니파타』 중에서

눈을 조심하여 남의 잘못을 보지 말고
맑고 아름다운 것만 보라.
입을 조심하여 쓸데없는 말을 하지 말고
착한 말 바른 말만 하라.

나쁜 친구와 사귀지 말고
어질고 착한 이를 가까이하라.

지혜로운 이를 따르고
남을 너그럽게 용서하라.

오는 것을 막지 말고
가는 것을 잡지 마라.

남을 해치면 그것이 자기에게 돌아오고
세력에 의지하면 도리어 화가 따르는 법이다.

야딩풍경구, 2007

거인의 어깨 위에

내가 다른 이들보다 더 멀리 내다볼 수 있었다면,
그것은 거인의 어깨 위에 서 있었기 때문이다.

If I have seen further than others, it is by standing upon the
shoulders of giants.

아이작 뉴턴

미얀마 짜익티요, 2018

멀리 보다

'맑고 향기롭게'는 많은 분들이 존경하고 사모하는 법정 스님이 주관했던 사회 발전을 위한 정신문화 운동의 이름으로 유명합니다. 동시에 스님이 회주로 있었던 성북동 길상사(법정 스님을 존경하던 한정식집 주인이 스님께 보시하여 지어진 절)에서 주관하는 사회복지법인의 이름으로도 쓰이고 있는 멋진 구절입니다. 『숫타니파타』는 붓다의 어록과 가르침이 그대로 소박하게 소개되어 있는 가장 초기 경전 중의 하나입니다.

아이작 뉴턴은 물리학의 근간을 이루는 수많은 연구 업적을 남긴 과학자이지요. 영국 사람들에게 가장 존경하는 사람 3명을 꼽으라고 하면 윈스턴 처칠, 셰익스피어와 함께 이야기한다고 합니다.

몇 해 전 미국정형외과학회에 참석하여 인공관절 분야의 대가로 손꼽히는 미국 필라델피아의 로버트 부스의 특강을 들은 적이 있습니다. 그때 뉴턴의 이 위대한 말, "내가 다른 이들보다 더 멀리 내다볼 수 있었다면, 그것은 거인의 어깨 위에 서 있었기 때문이다"라는 말은 매우 인상적이었습니다.

우리에게 어깨를 내어준 거인들은 부모님, 스승, 책을 통해서 만날 수 있는 선현들, 그리고 종교를 갖고 있다면 내 마음에 모시고 있는 절대자인 그분들 모두가 나를 멀리 보게 해주는 분들이겠지요.

오늘의 우리가 있기까지 그들의 어깨를 기꺼이 내어준 수많은 거인 은인들께 감사의 마음을 잊지 말고, 뒤에 오는 사람들에게 우리의 어깨를 기꺼이 내어줄 수 있도록 노력하는 삶을 살겠다고 다짐합니다.

15

너의 때가 온다

박노해

너는 작은 솔씨 하나지만
네 안에는 아름드리 금강송이 들어있다

너는 작은 도토리알이지만
네 안에는 우람한 참나무가 들어있다

너는 작은 보리 한 줌이지만
네 안에는 푸른 보리밭이 숨 쉬고 있다

너는 지금 작지만
너는 이미 크다

너는 지금 모르지만
너의 때가 오고 있다

안성, 2009

습관이 우리를 만든다

습관은 동아줄과 같아서 날마다 한 올씩 엮다 보면 결국 끊지 못한다.
그러므로 우리는 훌륭하고 긍정적이며 생산적인 습관을 만들어야 한다.

Habit is a cable; we weave a thread of it each day, and at last we cannot break it.
So we must form good, positive, and productive habits.

호러스 맨

고성, 2023

속도가 아니라 방향

    박노해 시인은 야간 고등학교를 졸업한 후 여러 분야에서 노동자로 일했습니다. 1984년에 발표된 시집 『노동의 새벽』은 금서임에도 불구하고 100만 부 넘게 판매되었으며, 암울했던 1980년대에 노동자들에게 위로와 격려를 주는 기념비적인 작품이었습니다. 그는 필명조차도 '박해 받는 노동자가 해방되는 날을 위하여'를 줄여 지을 정도로 노동자를 위한 헌신의 세월을 보내왔습니다.

    그는 사회주의 운동으로 무기수로 복역하면서 독방에서도 독서와 집필을 하였고, 7년 6개월을 복역한 후 사면되어 민주화 운동 공로자로 선정되었으나 국가보상금을 거부한 것으로 세상 사람들의 관심을 끌기도 하였습니다. 이후 "과거를 팔아서 오늘을 살지 않겠다"는 말로 자신의 정체성을 정리하고 시인, 사진작가, 국제평화 인권운동가로서 살고 있습니다.

    「너의 때가 온다」는 사람에 대한 무한한 긍정과 사랑을 담아낸 시입니다. 치열한 삶을 살아온 사람들에게서 종종 만나게 되는 각박함이 아닌, 긍정과 사랑으로 승화된 성숙된 세월을 살아가는 그의 삶과 작품에 존경의 합장을 올립니다.

호러스 맨은 18세기 미국의 교육행정가로 널리 알려졌습니다. 미국 동부의 브라운 대학을 졸업하고 교육행정가, 하원의원, 상원의원을 역임하였으며 교육을 통하여 인간성의 함양을 평생 강조했습니다. "교육을 받기 전에는 그 가능성을 모두 펼친 것이 아니다" "책이 없는 집은, 창이 없는 집과 같다" 등의 명언을 남겼습니다. "습관은 동아줄과 같아서 날마다 한 올씩 엮다 보면 결국 끊지 못한다"는 그의 말은 생각과 말, 행동이 습관으로 만들어져 사람의 운명을 결정한다는 뜻으로 이해할 수 있습니다.

"인생에서 중요한 것은 속도가 아니라 방향이다"라는 말이 있습니다. 바른 삶을 살겠다는 근원적인 인생의 목표를 설정하고 그 목표 달성에 도움이 되는 것들을 매일의 긴 호흡으로 실천하는 것, 그렇게 하면 누구에게나 그의 때가 오는 것이 아닐까 생각합니다.

16

내 노동으로

신동문

내 노동으로
오늘을 살자고
결심을 한 것이 언제인가.
머슴살이하듯이
바친 청춘은
다 무엇인가.
돌이킬 수 없는
젊은 날의 실수들은
다 무엇인가.
그 여자의 입술을
꾀던 내 거짓말들은
다 무엇인가.
그 눈물을 달래던
내 어릿광대 표정은
다 무엇인가.
이 야위고 흰
손가락은
다 무엇인가.
제 맛도 모르면서
밤새워 마시는
이 술버릇은

다 무엇인가.

그리고

친구여

모두가 모두

창백한 얼굴로 명동에

모이는 친구여

당신들을 만나는

쓸쓸한 이 습성은

다 무엇인가.

절반을 더 살고도

절반을 다 못 깨친

이 답답한 목숨의 미련

미련을 되씹는

이 어리석음은

다 무엇인가.

내 노동으로

오늘을 살자

내 노동으로

오늘을 살자고

결심했던 것이 언제인데.

안성, 1992

경험은 유행을 따르지 않는다

경험은 결코 나이를 먹지 않아요.
유행을 타지도 않지요.

Experience never gets old.
Experience never goes out of fashion.

영화 〈인턴〉 중에서

화성, 1988

나이가 무겁게 느껴질 때

　신동문 시인은 4·19 시인으로 알려진 것처럼 사회 참여시를 발표하다가 특별한 일을 겪은 후에 절필을 선언하고 편집 및 출판 업무를 주로 하면서 후배 문학가를 도왔습니다. 시 「내 노동으로」를 발표하고, 단양 인근에서 과수원을 가꾸면서 평생을 보냈습니다.

　영화 〈인턴〉에서 배우 로버트 드니로가 그려내는 노신사의 깊고 넓고 푸근한 인간적 매력은 자기 나이가 무겁게 느껴지는 사람이라면 누구나 닮고 싶어 할 만합니다.

바쁜 일상 속에서도 학회에 참석하여 발표하고 정보를 교류하는 시간을 갖습니다. 그럴 때마다 여러 질문을 가슴에 품어봅니다. '세상에 꼭 필요한 병원'이 되기 위한 바른 길은 무엇인가? 우리 병원에서 약속하는 '최고의 의술'의 정의는 무엇일까?

환자의 상태를 정확하게 파악해 최선의 선택을 하고, 선택한 치료법이 차질 없이 이루어질 수 있도록 하며, 이후 얻은 치료 결과가 오래오래 유지될 수 있도록 한결 같은 마음으로 보살피는 일, 그런 것들을 다시금 다짐하는 계기로 삼습니다.

17

소리에 놀라지 않는 사자처럼

『숫타니파타』 중에서

소리에 놀라지 않는 사자처럼
그물에 걸리지 않는 바람처럼
진흙에 더럽히지 않는 연꽃처럼
무소의 뿔처럼 혼자서 가라.

티베트 마나사로바르 호수, 1997

인생이 바뀌기 시작하는 순간

인생은 수많은 순간들로 이루어지지만,
우리는 한 번에 단 한 순간만 살 수 있다.
지금 이 순간을 바꾸면 인생이 바뀌기 시작한다.

Life is made of millions of moments, but we live only one of
these moments at a time.

As we begin to change this moment, we begin to change our
lives.

트리니다드 헌트

멕시코 치아파스, 1995

우리가 살 수 있는 유일한 시간

『숫타니파타』는 붓다의 가르침이 시적 표현으로 정리된 초기 경전입니다. 각자 스스로 정한 가치 있는 삶을 향해서 흔들리지 말고 묵묵히 걸어갈 것을 일깨워주는 "무소의 뿔처럼 혼자서 가라"는 새로운 계획과 다짐으로 시작하는 때 함께 읽으면 좋은 가르침입니다.

자기계발 강사이자 교육자이며, 책의 저자로도 널리 알려진 트리니다드 헌트의 "지금 이 순간을 바꾸면 인생이 바뀌기 시작한다"는 말은, 오직 우리가 살 수 있는 유일한 시간은 지금 여기, 이 순간임을 일깨워줍니다. 멋진 인생을 계획한다면, 지금 이 순간을 멋지게 살아가는 것부터 시작해야 한다는 지혜의 명언입니다.

새로운 계획과 다짐으로 꿈을 갖는 것은 멋진 일입니다. 그러나 꿈을 갖게 될 때 자칫 조급한 마음이 들 수 있습니다. 그러나 꿈을 갖고, 간직하고 노력하는 과정은 꿈이 이루어지는 일만큼이나, 어쩌면 그 이상으로 소중한 것입니다. 늘 나의 행동에서 생각과 감정을 살펴서 지금 이 순간에, 여기에서 의미를 찾아가는 우리가 되었으면 합니다.

2장

———

여름

18

비

레몽 라디게

나는 듣는다
나무잎새 비 마시는 소리를
위에 있는 넉넉한 잎새들이
아래 있는 가난한 잎새에게
한 방울 한 방울
내려주는 그 소리를

안성, 2011

무엇이든 시작하라

당신이 할 수 있거나 할 수 있다고 꿈꾸는 것이 있다면,
무엇이든 시작해 보라.
그 대담함에는 당신의 천재성과 능력,
그리고 기적이 숨어 있다.

Whatever you can do or dream you can, begin it.
Boldness has genius, power, and magic in it.

요한 볼프강 폰 괴테

양주, 2018

모두 이롭게 하는 꿈

　레몽 라디게는 프랑스 심리소설의 효시로 알려진 소설 『육체의 악마』를 17세에 발표하고 활발히 활동하다가 장티푸스로 20세에 요절한 프랑스의 천재 작가입니다.

　『젊은 베르테르의 슬픔』 『파우스트』 등으로 유명한 독일의 대문호 괴테는 문학인으로서뿐만 아니라 바이에르 공화국의 재상으로서 10년 동안 국정을 맡아서 운영한 정치가이기도 했습니다. 또한, 1천 점이 넘는 스케치를 그린 화가, 비교해부학 논문을 발표한 자연과학자 등 다채로운 삶을 살다 갔습니다.

　'무엇이든 시작하라'는 명언은 괴테가 남긴 또 다른 명언인 "아는 것으로는 충분하지 않다. 현실에 적용을 해야 한다. 바라는 것으로는 충분하지 않다. 실천을 해야 한다"에 대한 이유를 설명하는 듯해 특별한 의미가 있습니다.

꿈을 간직하고 그 꿈을 이루기 위해 노력하는 사람은 참 멋집니다. 더구나 그 꿈이 나보다 어려운 처지에 있는 사람들을 돕기 위한 것과 관련되어 있으면 더욱 아름답습니다. 나와 타인 모두 이롭게 하는 멋진 꿈을 이루기 위해 노력하는 모든 이들에게 이 시와 명언이 함께하기를 바랍니다.

19

7월은 치자꽃 향기 속에

이해인

7월은 나에게
치자꽃 향기를 들고 옵니다

하얗게 피었다가
질 때는 고요히
노란빛으로 떨어지는 꽃은
지면서도 울지 않는 것처럼 보이지만
사실은 아무도 모르게
눈물 흘리는 것일 테지요

세상에 살아 있는 동안만이라도
내가 모든 사람들을
꽃을 만나듯이 대할 수 있다면
그가 지닌 향기를
처음 발견한 날의 기쁨을
되새기며 설렐 수 있다면
어쩌면 마지막으로
그 향기를 맡을지 모른다고 생각하고
조금 더 사랑할 수 있다면
우리의 삶 자체가

하나의 꽃밭이 될 테지요

7월의 편지 대신
하얀 치자꽃 한 송이
당신께 보내는 오늘
내 마음의 향기도 받으시고
조그만 사랑을 많이 만들어
향기로운 나날 이루십시오

고성, 2016

한 걸음 앞으로 나아갈 때마다

한 걸음 앞으로 나아갈 때마다 당신은 다른 것에 영향을 끼친다.

Whenever you take a step forward, you are bound to disturb something.

인디라 간디

몽골, 2022

성숙으로 이끄는 길

　이해인 수녀는 성직자이자 수행자로서의 올곧은 삶을 지속하며, 일상에서 공감될 수 있는 사연들을 편안하게 표현한 아름다운 시로 담아내어 종교를 넘어 많은 이들의 사랑을 받는 시인입니다. 「7월은 치자꽃 향기 속에」는 그가 평생의 소명으로 하고 있는 문학을 통한 사람들을 위한 봉사, 영적 성숙을 돕는 것을 보여주는 대표작입니다.

　인디라 간디는 마하트마 간디와 함께 인도의 독립운동을 이끌었고 이후 인도의 초대 총리가 된 네루의 딸이자, 인도의 제3대 총리로 두 번의 임기를 역임한 정치인입니다. 복잡한 인종, 다양한 종교, 피폐한 경제 여건 등으로 어려웠던 1966년부터 1977년까지 제3대 총리로서 첫 번째 총리 임기를 마쳤습니다. 1980년에 두 번째 총리 임기를 시작하여 재임 중인 1984년, 인도 북서부 펀잡 지역의 시크교도 독립운동을 무력으로 진압한 결정에 원한을 가진 두 명의 시크교 경호원에게 암살당했습니다.

미국과 소련이 주도한 냉전시대에 중립적인 노선을 취하면서 사회주의에 가까운 경제 정책을 견지하였고, 방글라데시 독립운동을 적극적으로 지지하였으며, 시크교나 공산주의 등 분리주의 활동에 대해서는 강경한 입장을 취하여 독재자로서 비판도 받았습니다. 그가 남긴 "한 걸음 앞으로 나아갈 때마다 당신은 다른 것에 영향을 끼친다"는 말은 생각과 이익이 첨예하게 대립하는 현실에서 판단하고 결정하고 실천하는 삶을 살다 간 그의 내면을 잘 보여줍니다.

계절이 바뀌고 세월이 흐르는 것은 누구에게나 새로운 기회이기도 하면서 한편으로는 속절없는 상실감을 주기도 합니다. 무엇인가를 결정하고 실행하는 것은 언제나 변화를 수반할 수밖에 없으며, 변화는 기존의 방식에 익숙해진 모든 사람들에게 도전이 될 수 있습니다. 그러나 세월이 흐르고 한 걸음을 내디딜 때 동반되는 시련과 도전이 우리를 성장과 성숙으로 이끌어가는 것임을 잊지 않았으면 좋겠습니다.

20

벗 하나 있었으면

도종환

마음이 울적할 때 저녁 강물 같은 벗 하나 있었으면
날이 저무는데 마음 산그리메처럼 어두워올 때
내 그림자를 안고 조용히 흐르는 강물 같은 친구 하나 있었으면

울리지 않는 악기처럼 마음이 비어 있을 때
낮은 소리로 내게 오는 벗 하나 있었으면
그와 함께 노래가 되어 들에 가득 번지는 벗 하나 있었으면

오늘도 어제처럼 고개를 다 못 넘고 지쳐 있는데
달빛으로 다가와 등을 쓰다듬어주는 벗 하나 있었으면
그와 함께라면 칠흑 속에서도 다시 먼 길 갈 수 있는 벗 하나
있었으면.

안성, 2016

오랜 친구가 되고 싶다면

사소한 잘못을 용서할 수 없다면 누구도 오랜 친구가 될 수 없다.

Two persons cannot long be friends if they cannot forgive each other's little failings.

장 드 라브뤼예르

승주, 2023

간절히 소망하는 이

도종환 시인은 사별한 아내를 향한 안타까운 사랑과 그리움을 담은 시집 『접시꽃 당신』이 300만 부 넘게 팔리면서 우리나라에서 가장 유명한 시인 중 한 명이 된 사연을 가지고 있습니다.

'마음이 울적할 때 내 그림자를 안고 조용히 흐르는 저녁 강물 같은 벗'이나 '마음이 비어 있을 때 낮은 소리로 내게와 함께 노래가 되어 들에 가득 번지는 벗' '오늘도 어제처럼 지쳐 있을 때 등을 쓰다듬어주어 칠흑 속에서도 먼 길 갈 수 있는 벗'은 어려운 세상을 사는 모두가 간절히 소망하는 존재일 것입니다.

그러나 그 벗에 대한 소망의 시제가 현재나 미래가 아니고 과거 시제로 표현되어 있어 벗에 대한 그리움이 현재의 소망이 아니고 과거에 대한, 소중한 사람에게 내가 그런 벗이 되어주지 못한 후회와 참회를 담은 것으로 제게는 다가옵니다. 내가 내 주변의 사람에게 그런 역할을 하는 벗이 되어주겠다는 다짐을 한다면 우리 모두 더욱 풍성한 삶을 살 수 있지 않을까 생각해 봅니다.

17세기 프랑스의 도덕철학자이자 풍자가로 이름을 남긴 장 드 라브뤼예르는 미묘한 인간관계의 본질에 대한 번뜩이는 예지를 재치 있는 풍자와 비평의 말로 멋지게 묘사한 것으로 유명합니다. 서로의 사소한 잘못을 용서하는 것이 오랜 친구를 얻는 비결임을 알려주는 오늘의 명언은 현재의 행복과 미래의 행복을 간직하는 데 소중한 지혜의 말씀입니다.

퇴원을 앞둔 환자분들과 함께하는 '위즈덤 세션'에서, "이제부터 '남은 세월 행복하게 살 수 있는 지혜를 갈고닦아 내 소중한 사람에게 선물로 주고 가야지'라고 다짐을 해보면 어떨까요?"라고 말한 적이 있습니다. 제가 청한 프러포즈였습니다.

21

청포도

이육사

내 고장 칠월은
청포도가 익어가는 시절

이 마을 전설이 주저리주저리 열리고
먼데 하늘이 꿈꾸며 알알이 들어와 박혀

하늘밑 푸른 바다가 가슴을 열고
흰 돛단배가 곱게 밀려서 오면

내가 바라는 손님은 고달픈 몸으로
청포(靑袍)를 입고 찾아 온다고 했으니

내 그를 맞아 이 포도를 따 먹으면
두 손은 함뿍 적셔도 좋으련

아이야 우리 식탁엔 은쟁반에
하이얀 모시수건을 마련해두렴.

여수, 2017

최고로 만족스러운 날

최고로 만족스러웠던 날을 떠올려보라.
아무 일 없이 빈둥거렸던 날이 아니라,
수많은 일들을 모두 해냈던 날일 것이다.

Look at a day when you are supremely satisfied at the end.
It's not a day when you lounge around doing nothing;
it's a day you've had everything to do and you've done it.

마거릿 대처

네팔, 2013

초인의 모습

필명인 '이육사'로 널리 알려진 이원록은 1904년에 태어나 1944년 세상을 떠난, 40년의 짧은 인생 동안 굴복하지 않는 정신을 노래하고 지킨 시인이며 독립운동가로서의 초인적인 삶을 살다 간 사람입니다. 「청포도」는 1939년 문학잡지 《문장》에 발표된 그의 대표 시입니다. 고향을 상징하는 청포도와 푸른 바다, 꿈에도 그리는 독립과 그를 위해 노력하는 선구자를 고달픈 손님으로, 귀한 손님을 맞이하는 우리들의 마음을 은쟁반에 흰 모시를 준비하는 것으로 시각적으로 표현하여 멋진 시적 성취를 이룬 것으로 인정받고 있습니다.

일설에 의하면, 그가 오랜 수형 생활로 지친 몸과 마음을 보살피기 위해서 그에게 '육사'라는 필명을 지어준 사촌형이자 한학자인 이종형의 집에서 머물렀는데 근처에 60만 평 규모의 청포도 농장이 있었던 게 계기가 되어 이 시가 쓰여졌다고 합니다. 이런 이유로 경상북도 포항시 청림동에 청포도문학관이 세워졌다고 합니다. 제가 군의관으로 근무하던 1989년 제2해병훈련단의 장교 숙소가 포항시 청림동에 있었습니다. 그때는 몰랐던 사연을 이제야 알게 되니 감회가 새롭습니다.

1979년부터 1990년까지 오랜 기간 영국을 이끈 대처 수상은 중류층 가정에서 출생하여 그 자신의 노력으로 최고의 지위에 오른 것으로도 존경받는 사람입니다. 영화 〈철의 여인〉에서 그의 삶이 멋지게 그려졌지요. 영화 대사로 등장한 그가 남긴 말 "생각을 조심해라, 말이 된다. 말을 조심해라, 행동이된다. 행동을 조심해라, 습관이 된다. 습관을 조심해라, 성격이 된다. 성격을 조심해라, 운명이 된다. 우리는 생각하는 대로 된다"는 많은 사람들에게 사랑받고 있는 명언입니다.

육사의 또 다른 시 「광야」는 읽을 때마다 약하고 게을러지려는 제 마음을 굳건하게 일으켜 세워줍니다. 이 시는 관절 수술 후 재활치료를 받는 분들을 위한 저희 병원의 공간인 SRP 홀에 푸르름이 가득한 사진과 함께 걸어서 환자들을 위한 격려의 메시지로 전하고 있습니다. '영국병'이라고 불렸던 침체된 영국 사회의 분위기를 새롭게 일으켜 세우고자 노력한 대처 수상의 모습은 광야에 등장하는 초인의 모습과 닮았습니다. 우리 모두 각자의 자리에서 초인의 모습으로 살아갈 수 있기를 기도해 봅니다.

22

담쟁이

도종환

저것은 벽
어쩔 수 없는 벽이라고 우리가 느낄 때
그때
담쟁이는 말없이 그 벽을 오른다
물 한방울 없고 씨앗 한톨 살아남을 수 없는
저것은 절망의 벽이라고 말할 때
담쟁이는 서두르지 않고 앞으로 나아간다
한 뼘이라도 꼭 여럿이 함께 손을 잡고 올라간다
푸르게 절망을 다 덮을 때까지
바로 그 절망을 잡고 놓지 않는다
저것은 넘을 수 없는 벽이라고 고개를 떨구고 있을 때
담쟁이잎 하나는 담쟁이잎 수천 개를 이끌고
결국 그 벽을 넘는다.

진천, 2022

동기부여와 목욕

사람들은 종종 동기부여가 지속되지 않는다고 말한다.
사실, 목욕도 마찬가지다.
그래서 매일 하라고 권하는 이유다.

People often say that motivation doesn't last.
Well, neither does bathing, that's why we recommend it daily.

지그 지글러

제주, 2010

살다 보면

　도종환 시인의 「담쟁이」는 교과서에도 수록된 시로, 난관을 극복하는 마음, 함께하는 마음 등이 우리 주변에서 쉽게 지나칠 수 있는 담쟁이에 대한 묘사로 담아낸 명시입니다.

　지그 지글러는 어려운 가정에서 태어나 세일즈맨으로 성공한 후 작가로도, 또 동기부여 강사로도 성공했습니다. 활동 당시 미국에서 가장 인기 있는 동기부여 강사였는데, 앞서 소개한 명언 외에도 "이기기 위해서 태어났다면, 이길 수 있는 계획을 세워 준비하고, 그렇게 기대하라" "살다 보면 언제나 당신을 어렵게 만드는 사람을 만날 것이다. 그들에게 감사하라. 왜냐하면 그들이 당신을 강하게 만들기 때문이다" 등이 있습니다.

'무릎이 아프세요? 삶이 아프세요?'는 관절수술 환자들에게 수술 후 건강하고 행복한 삶을 살아가기 위한 방법을 나누는 제 강의 제목입니다. 무릎이 아프든 아프지 않든 삶은 누구에게나 아픕니다. 아픈 삶을 치유하는 하나의, 어쩌면 유일한 길은 뜻을 같이하는 사람들과 함께, 늘 새로운 마음으로 살아가는 것이라고 믿습니다.

23

초행

고두현

처음 아닌 길 어디 있던가

당신 만나러 가던
그날처럼.

미얀마 바간, 2018

행동이 아닌 습관

우리는 우리가 반복적으로 행동한 결과다.
그렇다면 탁월함은 행동이 아니라 습관이다.

We are what we repeatedly do.
Excellence, then, is not an act, but a habit.

윌 듀런트

라자스탄, 2007

한숨 돌릴 수 있는 기회

대학생 때 5박 6일 일정으로 지리산 종주를 한 적이 있습니다. 종주 중 세석산장에서 보낸 밤은 화엄사에서 노고단을 오르는 가파른 등반길의 피로를 풀어주었고, 덕분에 좋은 여행 기억을 얻었습니다. 한숨 돌릴 수 있는 기회를 갖는 것은 생활에서도 여행에서도 새롭게 시작할 수 있는 좋은 계기가 됩니다.

시 앤솔로지 『새롭게 또 새롭게』를 출간한 것은 2022년 7월 15일이었습니다. 바쁜 일정을 소화해야 하는 제 사정을 잘 아는 주변 지인들과 출판사에서는 다른 분들의 명시, 명언, 사진을 소개하는 것보다 의사로서, 또 병원을 경영하는 리더로서의 경험을 담는 글을 책으로 낼 것을 권합니다. 저를 위한 따뜻한 권유임을 잘 알고 있습니다.

그러나 이웃과 함께할 수 있는 좋은 시와 명언을 선정하고, 그 과정에서 배우는 삶의 지혜는 제 스스로 풍요로운 삶을 살 수 있는 소중한 기회가 되고 있습니다. 명시와 명언을 선정하고, 그에 맞는 사진들을 이해선 작가께 요청하고, 사진들을 받아 가장 잘 어울린다고 생각하는 사진을 정하는데, 그 조합을 만들어내는 과정은 제 일요일 아침 두 시간을 풍성하게 하는 향연입니다.

24

꿈이라면

한용운

사랑의 속박이 꿈이라면
출세의 해탈도 꿈입니다
웃음과 눈물이 꿈이라면
무심의 광명도 꿈입니다
일체만법(一切萬法)이 꿈이라면
사랑의 꿈에서 불멸을 얻겠습니다

용인, 2013

미래를 꿈꿔라

과거에서 배우고, 현재를 살고, 미래를 꿈꿔라.

Learn from yesterday, live for today, hope for tomorrow.

오리슨 S. 마든

안성 청룡사, 2015

위대한 가르침

만해 한용운은 한국의 독립운동가, 스님, 시인으로서 세 가지 면모에서 특별한 분이었습니다. 독립운동가로서는 3·1 운동에 참여하며 조국의 자유를 위해 헌신하였고, 일본의 식민 통치에 맞서 많은 저항 활동을 펼쳤습니다. 스님으로서는 불교의 깊은 사상과 철학을 전파하며 많은 제자들에게 가르침을 주었습니다. 시인으로서는 「님의 침묵」과 같은 시를 통해 사람들의 마음을 울리며, 고귀한 정신을 표현하였습니다.

한용운 스님의 삶은 항상 정의와 평화를 추구하며, 인간의 존엄성을 지키려는 따뜻한 마음으로 가득했습니다. 그의 업적과 정신은 오늘날에도 많은 이들에게 영감과 희망을 주고 있습니다. 스님의 삶은 우리 모두에게 큰 귀감이 됩니다.

오리슨 마든은 세 살에 어머니를 여의고, 일곱 살에 아버지마저 잃고 두 동생들과 함께 여러 집을 전전하며 어려운 삶을 살았습니다. 제재소 사환으로 일하던 열일곱 살에 우연히 새뮤얼 스마일스의 책 『셀프헬프』를 읽고 힘든 상황에서 인생을 살아야 하는 젊은이들을 인도하는 일을 하겠다고 다짐했습니다. 이후 보스턴 대학과 하버드 의대에서 공부하고, 이어서 호텔경영을 하던 도중 호텔에 발생한 대화재를 계기로 전업 작가로서의 길을 걸어서 50권이 넘는 책을 발표하였습니다. 강연과 저술을 통해서 사람들에게 영감과 격려를 주는 수많은 명언을 남겼습니다.

"성공은 당신이 성취한 것에 의해서 결정되는 것이 아니고, 당신이 직면했던 장애, 그리고 가능성이 없어 보이는 상황에서 당신이 보였던 용기에 의해서 평가되는 것이다" "위대한 일을 이룬 모든 사람들은 모두 큰 꿈을 꾸었던 사람들이다" 같은 명언을 남겼지요. 이번에 소개한 명언과 연계되는 그가 남긴 멋진 말입니다.

외래 진료를 마친 후 간병인 교육이 있던 날이었습니다. 저는 간병인들에게 남아 있는 세월의 매 순간을 "고맙습니다. 잘했습니다. 미안합니다"의 마음으로 채우라고 제안했습니다. 왜냐하면 이런 마음과 다짐을 간직하고 살아가는 것이 인류의 모든 위대한 스승들께서 가르쳐주신, 나와 남을 함께 행복으로 이끌어가는 길이기 때문입니다.

25

피는 꽃이 지는 꽃을 만나듯

오세영

8월은
오르는 길을 잠시 멈추고
산등성 마루턱에 앉아
한 번쯤 온 길을
뒤돌아보게 만드는 달이다.
발아래 까마득히 도시가,
도시엔 인간이,
인간에겐 삶과 죽음이 있을 터인데
보이는 것은 다만 파아란 대지,
하늘을 향해 굽이도는 강과
꿈꾸는 들이 있을 뿐이다.
정상은 아직도 먼데
참으로 험한 길을 걸어왔다.
벼랑을 끼고 계곡을 넘어서
가까스로 발을 디딘 난코스,
8월은
산등성 마루턱에 앉아
한 번쯤 하늘을 쳐다보게 만드는
달이다.
오르기에 급급하여
오로지 땅만 보고 살아온 반평생,

제주, 2013

과장에서 차장으로 차장에서 부장으로
아, 나는 지금 어디메쯤 서 있는가.
어디서나 항상 하늘은 푸르고
흰 구름은 하염없이 흐르기만 하는데
우러르면
먼
별들의 마을에서 보내오는 손짓,
그러나 지상의 인간은
오늘도 손으로
지폐를 세고 있구나.
8월은
오르는 길을 멈추고 한 번쯤
돌아가는 길을 생각하게 만드는
달이다.
피는 꽃이 지는 꽃을 만나듯
가는 파도가 오는 파도를 만나듯
인생이란 가는 것이 또한
오는 것.
풀 섶엔 산나리, 초롱꽃이 한창인데
세상은 온통 초록으로 법석이는데
8월은
정상에 오르기 전, 한 번쯤
녹음에 지쳐 단풍이 드는
가을 산을 생각케 하는 달이다.

몸과 마음을 건강하게 유지하는 비결

몸과 마음을 건강하게 유지하는 비결은
과거를 아쉬워하지 않고,
미래를 불안해하거나 어려움을 예상하지 않으며,
현재의 순간을 현명하고 진지하게 사는 것이다.

The secret of health for both mind and body is not to mourn
for the past, worry about the future, or anticipate troubles,
but to live in the present moment wisely and earnestly.

붓다

남해, 2023

행복의 비밀

행복으로 가는 길에는 단순한 원칙 두 가지가 있다.
관심이 가고 잘할 수 있는 것을 찾고,
그것에 온 마음을 다하는 것이다.
자신이 가진 열정과 야망, 능력 모두를.

The road to happiness lies in two simple principles:
find what it is that interests you and that you can do well,
and when you find it put your whole soul into it — every bit of
energy and ambition and natural ability you have.

존 D. 록펠러 3세

라다크, 1997

문득 경계선이 눈에 들어올 때

7월과 8월은 한 달 차이지만 느낌은 많이 차이가 납니다. 7월까지는 1년의 절반이 지나갔다는 사실을 미처 인식하지 못하고, 더운 날씨, 휴가 일정 등으로 우리의 관심과 계획이 온통 밖으로 향합니다. 그러다가 8월이 되면 아직 더위는 심하고 한창 휴가철이긴 하지만 문득 이제는 올해도 곧 마무리를 향해서 가겠구나 하는 생각이 듭니다.

삶의 주기로 따지면 8월은 40~50대에 해당하는 듯합니다. 아직 많은 꿈과 계획을 갖고 있지만, 이를 수 있는 곳, 이룰 수 있는 것들의 경계선이 문득문득 눈에 들어오는. 오세영 시인의 「피는 꽃이 지는 꽃을 만나듯」은 여름을 보낼 때 한 번쯤 음미하면 좋을 시입니다.

'오늘의 명언'을 제가 읽는 시간은 하루의 첫 번째 수술을 위해서 손소독을 할 때입니다. 매일 수술실 옆 게시판에 붙여놓기 때문입니다. 일주일에 다섯 편의 명언을 읽지만 금주의 명언으로 선정하는 것은 대개 읽는 순간 마음에 '심쿵'으로 자리 잡는 글입니다. 가끔은 일주일에 두 번 '심쿵' 하기도 합니다. 그래서 이번 꼭지에는 두 편의 명언이 있습니다.

붓다의 '몸과 마음을 건강하게 유지하는 비결'과 록펠러 3세의 '행복의 비밀'을 영문으로 읽었을 때, 이것은 우리 가족과 꼭 함께할 글로 마음에 두었습니다. '행복의 비밀'을 읽으면서 '내가 좋아하고 잘할 수 있는 일에 모든 열정, 꿈, 능력을 남김없이 쏟아붓는 것'이라는 말을 아침에 읽는 순간 '심쿵쿵'이 일어났습니다.

자신과 가족의 먹고사는 일을 넘어서 세상 사람들과 함께할 수 있는 미래를 꿈꾸는 것은 몇 가지 복을 가져옵니다. 첫째, 세월이 가는 것이 서럽지 않습니다. 둘째, 과거에, 미래에, 현재에 좋은 뜻과 꿈을 가진 사람들과 벗이 될 수 있습니다. 셋째, 늘 깨어서 지금 이 순간의 복과 행복을 누릴 수 있습니다. 좋은 뜻과 꿈을 갖고 살아가는 삼세의 모든 스승과 벗들께 감사의 인사를 올립니다.

26

행여 지리산에 오시려거든

이원규

행여 지리산에 오시려거든
천왕봉 일출을 보러 오시라
삼대 째 내리 적선한 사람만 볼 수 있으니
아무나 오지 마시고
노고단 구름바다에 빠지려면
원추리 꽃무리에 흑심을 품지 않는
이슬의 눈으로 오시라
행여 반야봉 저녁노을을 품으려면
여인의 둔부를 스치는 유장한 바람으로 오고
피아골의 단풍을 만나려면
먼저 온몸이 달아오른 절정으로 오시라
굳이 지리산에 오려거든
불일폭포의 물 방망이를 맞으러
벌 받는 아이처럼 등짝 시퍼렇게 오고
벽소령의 눈 시린 달빛을 받으려면
뼈마저 부스러지는 회한으로 오시라
그래도 지리산에 오려거든
세석평전의 철쭉꽃 길을 따라
온몸 불사르는 혁명의 이름으로 오고
최후의 처녀림 칠선계곡에는

아무 죄도 없는 나무꾼으로만 오시라
진실로 지리산에 오려거든
섬진강 푸른 산 그림자 속으로
백사장의 모래알처럼 겸허하게 오고
연하봉의 벼랑과 고사목을 보려면
툭하면 자살을 꿈꾸는 이만 반성하러 오시라
그러나 굳이 지리산에 오고 싶다면
언제 어느 곳이든 아무렇게나 오시라
그대는 나날이 변덕스럽지만
지리산은 변하면서도 언제나 첫 마음이니
행여 견딜 만하다면 제발 오지 마시라

운봉 지리산, 2015

빵과 벽돌

신께서 빵 대신 벽돌을 던질 때도 있다.
어떤 이는 신을 비난하지만,
어떤 이는 그 벽돌로 견고한 기초를 닦아 멋진 집을 짓는다.

God sometimes throws bricks instead of breads.
Some blame God,
but others build terrific houses with the bricks as the firm
foundations.

데이비드 브린클리

라다크, 2018

빵 대신 벽돌로 지은 집

지리산 시인, 행복전도사로 알려진 시인이자 환경운동가 이원규는 그의 시와 함께 밤하늘의 별을 사진에 담아, '별 볼 일 없는 세상에 별을 보여드립니다'라는 제목으로 안동 이육사문학관에서 사진 전시회도 개최한 바 있습니다. 시와 사진은 물론 소유하지 않는 삶, 걸림 없는 삶으로도 많은 사람에게 위로와 격려의 메시지를 주고 있지요. 슬프도록 아름다운, 그러나 한없이 깊은 우리 산하의 아름다움을 보여주는 절창입니다. 이 시는 가수 안치환의 노래로 만들어지기도 했습니다.

미국의 TV 앵커로 존경받았던 방송인 데이비드 브링클리의 명언은 내가 어떻게 활용하느냐에 따라서 외부의 시련이 성공에 이르는 첩경이 될 수 있음을 보여주는 멋진 지혜의 글입니다.

누구나 살면서 실의와 좌절에 빠질 때가 있습니다. 그럴 때 지리산을 찾는 분들이 많습니다. '빵 대신 받은 벽돌로 멋진 집을 짓는 마음을 찾을 수 있도록' 지리산은 유장한 곡조의 노래를 부르면서 한결같이 그 자리를 지키고 있는 듯합니다. 우리 마음에 굳게 자리 잡은 겨레의 명산, 그리고 그 산을 한없이 사랑하며 찾고 또 찾는 마음을 뜨겁고 굳세게 표현한 참 좋은 시입니다.

27

새끼손가락

밀란 쿤데라

새끼손가락은 조그맣지.
학교에선 맨 앞줄에 앉으며
아무것도 못하는 아이처럼
보잘 것 없지.

그런데 이상도 하지.
세상과 화해하기 위해서는
그 새끼손가락을
특사로 보내야 하니 말이야.

라자스탄, 2007

역경

역경이 없는 곳에는 강함도 없다.

Where there is no struggle, there is no strength.

오프라 윈프리

제주, 2011

소홀하게 대접받는

의대 졸업 후 수련의 과정을 마치고 포항에서 군의관 근무를 시작할 때가 1989년이었습니다. 그해 개봉된 영화 중 가장 인상 깊은 영화는 〈프라하의 봄〉입니다.

영화의 원작인 소설 『참을 수 없는 존재의 가벼움』의 작가 밀란 쿤데라가 남긴 명시 「새끼손가락」, 그리고 수많은 역경을 지혜와 강인함으로 승화시킨 오프라 윈프리의 "역경이 없는 곳에는 강함도 없다"는 잘 어울리는 짝인 듯합니다.

어떻게 사는 것이 바른 삶이고, 어느 것이 진정한 사랑인가를 묻는 것이 『참을 수 없는 존재의 가벼움』의 주제이지요. 이처럼 평소에 가장 소홀하게 대접받는 새끼손가락이 평화를 위한 특사로 역할을 한다는 밀란 쿤데라의 시, 역경이나 투쟁이 오히려 지혜와 강인함의 모태가 됨을 알려주는 오프라 윈프리의 명언은 우리 삶에 좋은 격려가 됩니다.

안성, 2017

28

껍데기는 가라

신동엽

껍데기는 가라.
사월도 알맹이만 남고
껍데기는 가라.

껍데기는 가라.
동학년(東學年) 곰나루의, 그 아우성만 살고
껍데기는 가라.

그리하여, 다시
껍데기는 가라.
이곳에선, 두 가슴과 그곳까지 내논
아사달 아사녀가
중립(中立)의 초례청 앞에 서서
부끄럼 빛내며
맞절할지니

껍데기는 가라.
한라에서 백두까지
향그러운 흙가슴만 남고
그, 모오든 쇠붙이는 가라.

백두산, 2024

진실과 믿음

세상의 그 무엇도 당신의 정직과 성실만큼 마음을 다해 당신을 도와주는 것은 없다.

Nothing in the world heartily helps you like your integrity and sincerity.

벤저민 프랭클린

제주, 2009

사람의 말

신동엽 시인은 김수영 시인과 함께 4·19 혁명으로 대표되는 1960년대 민주화 운동을 상징하는 시인입니다. 비록 39년이라는 짧은 삶을 살았지만 문학뿐만 아니라 사회와 역사에 대한 뜨거운 관심과 참여로 의식 있는 많은 사람들에게 깊은 영향을 끼쳤습니다. 「껍데기는 가라」는 4·19 학생운동의 기상과 정신을 뜨겁게 그린 시입니다.

신동엽 시인의 아들이며, 서울대 의대 의학교육연수원의 신좌섭 교수가 열아홉에 세상을 떠난 아들을 향한 아버지의 슬픔을 달래며 쓴 시들을 모아낸 시집 『네 이름을 지운다』를 특별한 감회로 읽은 기억이 있습니다.

제가 의과대학 교수로 근무할 때 의학교육연수원에서 몇 차례 뵌 신좌섭 교수는 언제나 차분하게 정돈된 말과 논리로 어렵고 복잡한 내용들을 명쾌하게 정리해서 머릿속에, 아니 마음속에 꼭꼭 담아주었습니다.

말은 그 사람의 행동과 인품이 뒷받침될 때 그 진실됨이 분명하게 드러납니다. "세상의 어떤 것도 당신의 정직과 성실만큼 마음을 다해 당신을 도와주는 것은 없다"라는 벤저민 프랭클린의 명언은, 그가 생을 통해 보여준 철학과 인품으로 저절로 증명되어 우리들에게 지혜와 가르침을 줍니다.

29

묻지 마라, 아는 것이

퀸투스 호라티우스 플라쿠스

묻지 마라, 아는 것이 불경이라. 나나 그대에게,
레우코노에여, 생의 마지막이 언제일지 바빌론의
점성술에 묻지 마라. 뭐든 견디는 게 얼마나 좋으냐.
유피테르가 겨울을 몇 번 더 내주든, 바위에 부서지는
튀레눔 바다를 막아선 이번 겨울이 끝이든, 그러려니.
현명한 생각을. 술을 내려라. 짧은 우리네 인생에
긴 욕심일랑 잘라내라. 말하는 새에도 우리를 시새운
세월은 흘러갔다. 내일은 믿지 마라. 오늘을 즐겨라.

미조, 2023

열린 마음

오늘 자신에게 무슨 일이 생길지는 아무도 알 수 없다.
중요한 것은 마음을 열고 받아들일 준비를 하는 것이다.

One never knows what each day is going to bring.
The important thing is to be open and ready for it.

헨리 무어

라자스탄, 2007

카르페 디엠

 퀸투스 호라티우스 플라쿠스는 베르길리우스와 함께 로마 시대를 대표하는 시인입니다. 해방 노예 신분임에도 교육에 관심이 많았던 아버지 덕분에 아테네에서 유학하면서 에피쿠로스학파와 스토아학파의 철학을 공부하였습니다.

 기원전 44년 카이사르가 브루투스와 원로원 의원들에게 암살당하고 곧이어 내전이 발발했는데, 공화파가 패배하고 공화파에 가담한 호라티우스는 전 재산을 몰수당했습니다. 이후 어렵게 살며 간간이 시를 발표했는데, 베르길리우스를 통해 그의 작품에 관심을 가진 외교관이자 예술 후원자인 마에케나스를 만나 안정적인 문학 활동을 할 수 있었습니다.

 찰나의 순간을 의미하는 라틴어 '카르페 디엠(Carpe Diem)'은 영어로는 '오늘을 잡아라(Seize the day)'로 번역됩니다. '미래에 대한 걱정과 기대를 버리고 지금 이 순간을 최선을 다해서 즐기라'는 의미로 많은 이들이 좋아하는 글귀입니다.

 헨리 무어는 영국의 조각가로, 관습적인 조각의 유형에서 벗어나 근원적 가치와 생각을 새로운 방식으로 형상화해 전

세계의 대도시 곳곳에서 그의 작품을 만날 수 있을 정도로 성공했습니다. 그는 예술가로서의 성취와 함께 용기와 영감을 주는 멋진 말을 많이 남겼습니다.

경기도 하남시 검단산 자락에는 정심사(正心寺)라는 절이 있습니다. 성철 스님이 심장 질환 치료를 위해 서울에 머물 동안 편히 계시도록 제자들이 마련한 작은 민가에서 시작된 절입니다. 서울대를 졸업한 후, 성철 스님을 스승으로 모시고 출가해 수행을 계속하고 있는 원영 스님이 30년 넘게 정진하고 있는 절입니다.

얼마 전 아침 일찍 출발해서 스님을 뵙고, 향원 오원탁 선생의 저서인 『법구경, 하루를 살더라도』에 대한 향기로운 가르침을 받은 적이 있습니다. "오늘 자신에게 무슨 일이 생길지는 아무도 알 수 없다. 중요한 것은 마음을 열고 받아들일 준비를 하는 것이다"라는 헨리 무어의 명언과, 호라티우스의 「카르페 디엠」, 원영 스님의 머무는 바 없는 수행자의 삶이 아름답게 어울리는 일요일 아침의 작은 여행이었습니다.

30

굴하지 않으리

윌리엄 E. 헨리

나를 감싸는 밤의 어둠으로
지옥처럼 캄캄한 세상,
나는 어떤 신들에게든 감사하리.
나에게 꺾이지 않는 영혼을 주셨으니.

위태로운 상황에 빠져도
나는 움츠리거나 울어대지 않았네
거듭된 곤경이 닥쳐와
내 머리에서 피가 흐르더라도 굴하지 않으리

분노와 눈물로 가득 찬 이 삶 너머로
그늘진 공포가 다가온다네.
그러나 오랜 위협 속에서도
내 결코 두려워하지 않는 모습을 보일 것이니.

그 문이 얼마나 좁은지는 중요치 않지,
어떠한 형벌이 내게 주어질지도.
나는 내 운명의 주인이니,
내 영혼의 선장이니.

몽골, 2022

길

우리는 길을 찾거나 새 길을 만들 것이다.

We will either find a way or make one.

한니발

독도 앞바다, 2020

새로운 길

    윌리엄 E. 헨리는 뼈 결핵으로 다리를 잃는 고통을 겪으면서도 강인한 정신으로 운명을 극복한 시인입니다. 영화 〈우리가 꿈꾸는 기적: 인빅터스〉의 주된 메시지로 등장합니다.

    전쟁의 역사에서 가장 자주 인용되는 것이 한니발이 이끄는 카르타고 군이 알프스산맥을 넘어서 로마를 침공한 전쟁입니다. "우리는 길을 찾거나 새 길을 만들 것이다"라는 명언은, 역사적 사실을 생각하면 더욱 생동감 있게 다가오는 말입니다.

2017년 대학병원을 사직한 후 티케이 정형외과를 시작하고 7년이 지나고 있습니다. 많은 일들이 있었고, 단 하루도 온전히 마음 편한 날이 없던 세월이었습니다. 그러나 마음 아프고 걱정해야 했던 수많은 일들에서 지금은 병원에서 중요한 역할을 하고 있는 많은 방안들이 마련될 수 있었습니다.

시련과 좌절, 위기와 도전에서 우리 안에 있던 기량이 개발될 수 있는 기회가 마련됩니다. 목표를 이루기 위해서는 알려져 있는 효율적인 길을 찾는 것도 필요하고, 또 어떤 경우에는 온전히 새롭게 길을 만들어야 할 필요도 있습니다. 길을 찾는 과정, 새로운 길을 만드는 과정, 그 바탕에는 굴복하지 않는 정신이 꼭 있어야 되겠지요.

31

짧은 해

김용택

당신이
이 세상 어딘가에 있기에
세상은 아름답습니다

갈대가 하얗게 피고
바람 부는 강변에 서면
해는 짧고
당신이 그립습니다

남해바다, 2021

태도를 바꾸면 삶도 바뀐다

우리 세대의 가장 위대한 발견은
사람이 태도를 바꿈으로써 삶까지 바꿀 수 있다는 것이다.

The greatest discovery of my generation is that a human being
can alter his life by altering his attitudes.

윌리엄 제임스

몽골, 2022

알 수 없는 외로움

아름다운 풍경을 보거나 향기로운 음식을 보면 그리운 사람이 더 그리워집니다. 김용택 시인은 그런 마음을 두 단락의 짧고 쉬운 말들로 잔잔하게, 그러나 큰 울림으로 표현했습니다.

윌리엄 제임스는 하버드 대학에서 자연과학과 의학을 공부하다가 심리학, 철학과 교수로 근대 심리학의 형성에 큰 영향을 미친 학자입니다. '의식의 흐름'이라는 표현을 처음으로 제안하기도 했습니다. '태도를 바꿈으로써 삶도 바꿀 수 있다'는 지혜의 말씀은 모든 성현께서 가르쳐주신 행복한 삶을 살아가는 요체에 닿아 있습니다. 그는 "행복해서 웃는 것이 아니고, 웃음으로써 행복해진다"는 명언도 남겼습니다.

철이 들면서 해가 저물 무렵이면 언제나 제 가슴에는 알 수 없는 외로움과 서러움이 가득했습니다. 「짧은 해」에서 그려지는 정경을 생각하면 외로움이나 그리움, 서러움 같은 감정들이 함께 느껴집니다.

다행히 언제부터인가 해 질 무렵에도 외로움과 서러움을 느끼지 않게 되었습니다. 제가 모시고 있는 분들의 고통과 외로움과 서러움에 비하면 제가 느끼는 그것들은 너무도 작아서이겠지요.

3장

———

가을

32

대추 한 알

장석주

저게 저절로 붉어질 리는 없다.
저 안에 태풍 몇 개
저 안에 천둥 몇 개
저 안에 벼락 몇 개

저게 저 혼자 둥글어질 리는 없다.
저 안에 무서리 내리는 몇 밤
저 안에 땡볕 두어 달
저 안에 초승달 몇 낱

고창 선운사, 2017

진정한 행복

진정한 행복은 우리가 따뜻함과 애정을 나누고,
진심으로 타인을 배려할 때 찾아온다.

True happiness comes when we give away warmth and
affection and we sincerely care for others.

달라이 라마

남해 용문사, 2023

깨달음의 기쁨

　교보문고의 '광화문 글판'에 「대추 한 알」이 게시되어 주목받은 적이 있습니다. 이 시를 쓴 장석주 시인은 충청남도 논산에서 태어나서 스무 살에 《월간문학》 시 부문에 「심야」가 당선되어 문단에 등단했습니다. 시작과 문학평론, 그리고 출판사 운영까지 활발히 활동하던 중 1992년 마광수 교수의 『즐거운 사라』를 발행해 사회적 이슈가 되기도 했지요. 이후 그는 전업 작가의 길을 걷고 있습니다.

　8시간 독서, 4시간 글쓰기의 일과를 매일 정진하는 그는 스스로를 '날마다 읽고 쓰는 사람' '문장 노동자'라 일컫습니다. 이해선 작가와의 인연으로 『새롭게 또 새롭게』에 추천의 글을 써주기도 했지요.

　"외로운 저녁 가슴의 금(琴)을 울리는 시 한 편을 갖지 못한 사람은 불행하다. 결단을 앞두고 방황할 때 전두엽에 번개처럼 꽂히는 명구 한 구절 품지 못한 사람은 잘못 살아온 것이다. 먼 길 가는 이에게 나침반과 지도가 필요하듯이 우리 사는 동안에도 그런 가르침이 필요하다. (중략) 이 아름다운 책을 사는 게 힘들다고 한숨을 내쉬는 당신의 머리맡에 가만히 놓아주고 싶다"라고요. 책에 수록된 시보다도 더 시적으로 읽힙니다.

2005년에 출간된 시집 『붉디붉은 호랑이』에 수록된 「대추 한 알」은 시인이 머무는 경기도 안성의 수졸재 주변에 손수 심은 대추나무에 열매가 열리는 과정을 지켜보면서 그의 내면에 찾아온 생각을 '전두엽에 번개처럼 꽂히는' 명구로 표현한 절창입니다.

장석주 시인의 산문집 『달과 물안개』에서 소개된 시에서 1연의 끝에 있던 "저 안에 번개 몇 개가 들어 있어서 붉게 익히는 것일 게다", 2연의 끝에 있던 "저 안에 초승달 몇 날이 들어서서 둥글게 만드는 것일 게다" 그리고 3연으로 있던 "대추야/ 너는 세상과 통하였구나"라는 글귀는 시인의 상념에 대한 친절한 설명입니다.

그런데 저를 포함한 세상 사람들은 저 8줄만의 절창에서 시인이 경험하고 친절하게 설명한 것보다 더 깊고, 큰, 각자만의 오도(悟道, 깨달음)의 기쁨을 느낄 수 있는 듯합니다.

'달라이 라마'라는 호칭은 1391년에 시작된 제정일치 체제를 택하고 있는 티베트에서 불교 한 종파의 수장을 의미하는 것입니다.

현재 14대 달라이 라마로서 티베트의 종교와 정부를 이끌고 있는 텐진 가초는 1935년생으로 다섯 살 때인 1940년에 달라이 라마로 취임하여 종신으로 그 역할을 수행하고 있습니다. 1959년에 인도 다람살라에 티베트 망명정부를 세우고 평화적인 독립과 인권운동을 벌여 1989년에는 노벨 평화상을 수상했습니다. 중국 정부의 영향으로 달라이 라마의 우리나라 방문은 아직 이루어지지 못하고 있습니다.

저는 붓다의 가르침을 사모하는 사람으로서 달라이 라마에 대해서 특별한 숭모의 마음을 간직하고 있습니다. 그러나 티베트 불교에서 말하는 '관세음보살의 현신'이어서가 아닙니다. 가난한 농부의 자식으로 태어나 두 살 때 달라이 라마의 현신으로 선택되어 80년이 넘는 그 어려운 세월을 한결같은 마음으로 정진하며 온 세상에 용서와 자애의 정신을 전파하며 살고 있는 모습 때문입니다.

"진정한 행복은 우리가 따뜻함과 애정을 나누고, 진심으로 타인을 배려할 때 찾아온다"는 말에는 달라이 라마가 삶을 통해서 보여주는 진정성과 진실이 담겨 있습니다. 흥미롭게도 이 명언은 하버드 의대 정신과의 조지 베일런트 교수가 『행복의 조건』에서 제시한, 건강하고 행복한 삶을 위한 가장 중요한 전제조건과 궤를 같이합니다. '타인을 배려하는 이타적인 마음가짐'이 바로 그것입니다.

33

물미해안에서 보내는 편지

고두현

저 바다 단풍 드는 거 보세요.
낮은 파도에도 멀미하는 노을
해안선이 돌아앉아 머리 풀고
흰 목덜미 말리는 동안
미풍에 말려 올라가는 다홍 치맛단 좀 보세요.
남해 물건리에서 미조항으로 가는
삼십 리 물미해안, 허리에 낭창낭창
감기는 바람을 밀어내며
길은 잘 익은 햇살 따라 부드럽게 휘어지고
섬들은 수평선 끝을 잡아
그대 처음 만난 날처럼 팽팽하게 당기는데
지난여름 푸른 상처
온몸으로 막아주던 방풍림이 얼굴 붉히며
바알갛게 옷을 벗는 풍경
은점 지나 노구 지나 단감 빛으로 물드는 노을
남도에서 가장 빨리 가을이 닿는
삼십 리 해안 길, 그대에게 먼저 보여주려고
저토록 몸이 달아 뒤척이는 파도
그렇게 돌아앉아 있지만 말고
속 타는 저 바다 단풍 드는 거 좀 보아요.

남해, 2010

정상으로 돌아가기

타고난 재능이란 사람들이 만든 꿈일 뿐이다.
슬럼프에 빠지면 나는 평소보다 더 자주 연습한다.
그것이 다시 정상으로 돌아가는 방법이므로.

A natural talent is nothing less than a man-made dream.
I exercise more often than usual when I am in a slump;
this is how I get back on track.

타이거 우즈

설악산, 2014

가을이 점점 짙어질 무렵

「물미해안에서 보내는 편지」는 자연과 감성을 감칠맛 나는 서정적인 언어로 표현하는 고두현 시인의 대표적인 시입니다. 가을빛이 점점 짙어질 무렵 음미하면 좋은 작품입니다.

골프를 하지 않는 사람들도 그 이름은 들어보았을 타이거 우즈가 연습의 중요성을 강조한 명언을 함께 짝지었습니다. 그는 스포츠를 위한 신체적인 기량은 물론, 내적 조절을 위한 정신적인 기량의 중요성을 강조하는 면으로도 유명하지요.

고두현 시인의 또 다른 시 「처음 출근하는 이에게」도 함께 읽으면 좋습니다.

잊지 말라.
지금 네가 열고 들어온 문이
한때는 다 벽이었다는 걸.

쉽게 열리는 문은
쉽게 닫히는 법.
들어올 땐 좁지만
나갈 땐 넓은 거란다.

집도 사람도 생각의 그릇만큼

넓어지고 깊어지느니
처음 문을 열 때의 그 떨림으로
늘 네 집의 창문을 넓혀라.

그리고 창가에 앉아 바라보라.
세상의 모든 집에 창문이 있는 것은
바깥 풍경을 내다보기보다
그 빛으로 자신을 비추기 위함이니

생각이 막힐 때마다
창가에 앉아 고요히 사색하라.
지혜와 영감은 창가에서 나온다.

어느 집에 불이 켜지는지
먼 하늘의 별이 어떻게 반짝이는지
그 빛이 내게로 와서
어떤 삶의 그림자를 만드는지

시간이 날 때마다
그곳에 앉아 너를 돌아보라.
그리고 세상의 창문이 되라.
창가에서는 누구나 시인이 된다.

34

단풍나무 아래서

이해인

사랑하는 이를 생각하다
문득 그가 보고 싶을 적엔
단풍나무 아래로 오세요

마음속에 가득 찬 말들이
잘 표현되지 않아
안타까울 때도
단풍나무 아래로 오세요

가만히 서 있기만 해도
세상과 사람을 향한 그리움이
저절로 기도가 되는
단풍나무 아래서
하늘을 보면 행복합니다
별을 닮은 단풍잎들이
황홀한 웃음에 취해
나의 남은 세월 모두가
사랑으로 물드는 기쁨이여

거문도, 2020

무엇을 해야 할지 안다면

우리가 무엇을 해야 하는지 알고 있다면,
모든 시대처럼 지금도 역시 매우 좋은 시대이다.

This time like all times is a very good one if we but know what to do with it.

랄프 왈도 에머슨

거문도, 2020

언제나 좋은 시절

온유하고 청정한 삶과 글로 종교를 초월하여 많은 이들의 존경과 사랑을 받아온 이해인 수녀는 근래에 암으로 투병하면서 지나온 사연을 시-수필집 『꽃잎 한 장처럼』으로 전한 바 있습니다.

앞산 뒷산, 눈 가는 곳마다 꽃보다 고운 단풍이 가득한 이즈막에 함께 읽기 좋은 「단풍나무 아래서」를 소개합니다. 연작시 「가을 편지」도 함께 읽으면 좋습니다.

사람들은 흔히 말합니다. 지금 우리는 힘든 시기를 살고 있다고. 그러나 힘들지 않았던 시기는 없었습니다. '무엇을 해야 할지 안다면, 좋지 않은 시절은 없다'는 의미인 랄프 왈도 에머슨의 명언은 우리가 늘 가슴에 소중하게 간직하며 살아야 할 가르침입니다.

안성, 2017

35

타인의 아름다움

메리 헤스켈

타인에게서 가장 좋은 점을 찾아내
그에게 이야기해 주십시오.
우리들은 누구에게나 그것이 필요합니다.
우리는 타인의 칭찬 속에 자라왔습니다.
그리고 그것이 우리를 더욱 겸손하게 만들었습니다.

사람은 누구나 근본적으로 위대하고 훌륭합니다.
아무리 누구를 칭찬한다고 해도 지나침은 없습니다.
타인 속에 있는 위대함과 아름다움을
발견하는 눈을 기르십시오.

그리고 찾아내는 대로
그에게 이야기해줄 수 있는 힘을 기르십시오.

제주, 2010

다시 시작할 수 있는 기회

실패란 단지 다시 시작할 수 있는 기회일 뿐이다.
이번에는 좀 더 지혜롭게.

Failure is simply the opportunity to begin again, this time
more intelligently.

헨리 포드

아프가니스탄, 2005

긴 호흡으로 살아가기

레바논계 미국 여성 교육자 메리 헤스켈은 『예언자』를 쓴 레바논 출신 철학자이자 시인인 칼릴 지브란과 주고받은 서신집 『보여줄 수 있는 사랑은 아주 작습니다』로도 유명합니다. 「타인의 아름다움」은 평생을 존경받는 교육자로서 성숙한 삶을 살아낸 이가 쓴 멋진 시입니다.

자동차 왕으로 불리는 헨리 포드의 명언, "실패란 단지 다시 시작할 수 있는 기회일 뿐이다. 이번에는 좀 더 지혜롭게"를 함께 읽습니다. 어려운 일을 겪은 후 외상 후 스트레스 증후 군에 빠지는 사람이 있는 반면에, 어려운 일을 통해 외상 후 성장을 이루기도 합니다. 단순히 비교하긴 어렵지만, 누가 어떤 선택을 하느냐도 중요한 이유일 겁니다.

학계뿐만 아니라 사회에서도 큰 존경을 받으며 행복한 노후를 보내고 있는 어느 노벨상 수상자에게 젊은 사람들을 위한 삶의 지혜를 물었다고 합니다. 그는 이렇게 답했답니다. "가장 행복하다고 느낀 때가 내리막길로 가는 시작이었고, 가장 어렵다고 느낀 때가 행복으로 가는 시작이었다. 이 것을 잊지 말고 긴 호흡으로 살아갈 것이다. 한때 잘나간다고 교만하지 말고, 일이 잘 풀리지 않는다고 좌절하지 않고 사는 것이 행복에 이르는 길이다."

36

이별은 미의 창조

한용운

이별은 미의 창조입니다
이별의 미는 아침의 바탕[質] 없는 황금과
밤의 올[絲] 없는 검은 비단과
죽음 없는 영원의 생명과
시들지 않는 하늘의 푸른 꽃에도 없습니다

님이여!
이별이 아니면 나는
눈물에서 죽었다가
웃음에서 다시 살아날 수가 없습니다
오오, 이별이여!
미는 이별의 창조입니다

홍천, 2016

변명도 후회도 없이

하루를 마칠 때는 어떤 변명도, 설명도, 후회도 없게 하라.

At the end of the day, let there be no excuses, no explanations, no regrets.

스티브 마라볼리

이천, 2010

모든 것이 떠난 것은 아니다

　만해 한용운은 「독립선언서」를 발표한 민족 대표 33인의 실질적인 리더이자 끝까지 조선 총독부에 회유되지 않은 몇 안 되는 사람 중 한 명이었습니다. 「님의 침묵」 「알 수 없어요」 「복종」 「해당화」 「나의 꿈」 등 대한민국 사람이면 누구나 좋아하는 수많은 명시를 남기기도 했습니다.

　그의 시에 자주 등장하는 '임'이나 '이별'은 그의 삶과 문학을 이해할 때 중요한 역할을 하는 것으로 알려져 있습니다. 「이별은 미의 창조」를 읽으면서 시인에게 이별이 어떤 의미였을지를 헤아려보는 것도 좋겠습니다.

1975년에 미국에서 태어나 작가, 동기부여 강사, 경영자문 등 여러 분야에서 활발한 활동을 펼치고 있는 스티브 마라볼리는 "하루를 마칠 때는 어떤 변명도, 설명도, 후회도 없게 하라"는 멋진 말을 남겼습니다. 그가 선사한 다른 명언도 함께 소개합니다. "세월이 지나면서 더 쉬워지거나, 더 너그러워지는 경우는 절대 없다. 다만, 우리 스스로 더 강인해지고 참을성이 깊어지는 것이다."

아침 산책길에서 만난 나무들이 가을이면 함께 지내온 잎들과 이별합니다. 북아메리카의 어느 인디언 부족에게 11월은 '모든 것이 떠난 것은 아닌 달'이라고 합니다. 아직 남아 있는 우리의 소중한 사연들, 이별에서 미를 창조할 수 있는 아름다운 속 뜰을 가꾸는 시간들이 되기를 바랍니다.

37

너를 생각하는 것이 나의 일생이었지

정채봉

모래알 하나를 보고도
너를 생각했지
풀잎 하나를 보고도
너를 생각했지
너를 생각하게 하지 않는 것은
이 세상에 없어
너를 생각하는 것이
나의 일생이었지

춘천, 2016

행동하는 것이 진정한 앎

단지 바라보는 것만으로는 바다를 건널 수 없다.

You can't cross the sea merely by standing and staring at the water.

라빈드라나드 타고르

독도, 2020

주어진 하루하루

어려서 부모님을 여의고 할머니 품에서 자란 정채봉 시인의 작품에는 어머니를 향한 그리움이 곳곳에서 이슬처럼 묻어납니다. 「너를 생각하는 것이 나의 일생이었지」에도 시인의 한없는 그리움이 느껴집니다.

제가 미국에서 연수할 때 그의 수필집을 읽은 적이 있습니다. 시인이 간암으로 아산병원에 입원해서 치료받을 때, "아빠 건강할 때 일요일이면 맥주와 라면 먹던 때가 그립다"고 말하는 딸에게 "이제 머지않아, 이렇게 병실에서 아빠와 얘기하던 때가 그리워질 거란다"라고 말했다는 사연을 읽고는 슬프면서도, '주어진 하루를 소중하게 감사하며 살아야지'라고 다짐했던 기억이 있습니다.

인도의 시성(詩聖)으로 널리 알려진 타고르는 시 「동방의 등불」로 일제의 강점으로 고통받는 우리나라 사람들에게 따뜻한 격려를 보낸 시인으로도 잘 알려져 있습니다.

　누군가를 그리워하는 마음, 아는 것을 실천으로 연결하는 마음은 오체투지로 순례의 길을 가는 티베트 수행자의 모습을 연상시킵니다. 평생을 그리워하고, 평생을 노력한 두 분께 감사의 합장을 올립니다.

38

엄마가 휴가를 나온다면

정채봉

하늘나라에 가 계시는
엄마가
하루 휴가를 얻어 오신다면
아니 아니 아니 아니
반나절 반 시간도 안 된다면
단 5분
그래, 5분만 온대도 나는
원이 없겠다
얼른 엄마 품속에 들어가
엄마와 눈맞춤을 하고
젖가슴을 만지고
그리고 한 번만이라도
엄마!
하고 소리내어 불러 보고
숨겨 놓은 세상사 중
딱 한 가지 억울했던 그 일을 일러바치고
엉엉 울겠다

용인, 2012

매일 하는 일

매일 하는 일이 가끔씩 하는 일보다 더 중요하다.

What you do every day matters more than what you do once
in a while.

그레첸 루빈

안성, 2020

오직 사랑뿐

정채봉 시인의 「엄마가 휴가를 나온다면」은 고두현 시인의 「늦게 온 소포」와 함께 우리 모두에게 그리운 엄마를 생각하게 하는 절절한 연가입니다.

그레첸 루빈은 현대를 사는 사람이라면 누구나 부러워할 만한 멋진 삶을 살아가고 있는 미국의 여성 작가입니다. 예일대 법대를 졸업한 후 대법원의 판사 보좌관을 하다가 책을 쓰겠다는 꿈을 이루기 위해 작가의 길을 시작했습니다. 이후 행복과 성공을 이루기 위한 습관을 정리해 자기계발 저술을 하고 있는 매력적인 사람입니다.

스스로를 위한 12계명이 있습니다. 1계명 그레첸이 되자, 2계명 흘려보내자, 3계명 내가 느끼고 싶은 것이 이루어지도록 행동하자, 4계명 지금 하자, 5계명 공손하고 공정하게 대하자, 6계명 과정을 즐기자, 7계명 필요한 것을 위해서 아끼지 말고 쓰자, 8계명 문제를 인식하자, 9계명 주변을 밝히는 촛불이 되자, 10계명 해야 할 일을 하자, 11계명 계산하지 말자, 12계명 오직 사랑뿐이다.

하느님이 세상 사람 모두에게 천사를 한 명씩 보내고 싶으나 그럴 수 없어서 대신 보낸 사람이 엄마라고 하지요. 아주 어른이 되어서도 위기의 순간이 오면, "엄마야!" 이렇게 외치게 되지요. 어머니를 그리워하는 마음, 어머니 은혜를 제대로 갚지 못하였다는 아쉬움과 죄송함은 이 세상 모든 사람에게 공통이지요.

어려서 돌아가셔서 기억도 없는 엄마를 그리워하는 정채봉 시인의 「엄마가 휴가를 나온다면」에서의 엄마 모습과, 자신이 선택한 길을 한 걸음씩 또박또박 멋지게 걸어가는 그레첸 루빈의 모습이 겹쳤다가 떨어졌다가 합니다.

39

죽음을 앞두고

헨리 워즈워스 롱펠로

......

나이 듦은 기회라네
젊음에 못지않아, 다른 옷을 입었을 뿐.
황혼이 스러질 때
하늘엔 별이 가득해, 낮에는 볼 수 없었네.

경주, 2017

인생은 롤러코스터

인생은 롤러코스터와 같아서 오르막과 내리막이 있다.
비명을 지르거나 타는 것을 즐기는 건 당신의 선택이다.

Life is like a roller coaster. It has its ups and downs.
But it's your choice to scream or enjoy the ride.

미셸 로드리게스

양양, 2015

세월의 한계를 받아들일 때

「죽음을 앞두고」는 19세기 미국을 대표하는 시인 헨리 워즈워스 롱펠로가 보던 칼리지 졸업 50주년 기념식을 위해 적은 시입니다. 이 시의 원제인 '모리투리 살루타마스(Morituri Salutamas)'는 로마 시대 검투사들이 목숨을 건 경기를 하기 전에 황제에게 인사를 바칠 때 외치던 구호라고 합니다. 번역하면 '곧 죽어갈 자들이 황제께 인사드립니다!'라고요.

제가 소개한 구절은 시의 마지막 네 줄입니다. 어둠이 찾아오면 낮에는 보이지 않던 별들로 하늘이 가득합니다. 나이가 들면서 세월의 한계를 받아들일 때 발견하는 진정으로 소중한 것들의 가치를 일깨워주는 멋진 시입니다.

많은 사람들에게 사랑받은 영화 〈아바타〉와 〈분노의 질주〉 등에서 불굴의 투지를 가진 여전사 역으로 열연한 미셸 로드리게스는 1978년생 미국 배우입니다. 영화에서뿐만 아니라 본인의 삶에 있어서도 불굴의 투지로 난관을 극복해 온 것으로 유명합니다. 그의 명언은 롱펠로의 시와 묘한 어울림을 선사합니다.

안성, 2017

40

만고의 진리를 향해 나 홀로

성철 스님, 출가송

하늘에 넘치는 큰 일들은 붉은 화롯불에 한 점 눈송이요
바다를 덮는 큰 기틀이라도 밝은 햇볕에 한 방울 이슬일세.
그 누구 잠깐의 꿈속 세상에 꿈을 꾸며 살다 죽어가랴.
만고의 진리를 향해 모든 것 다 버리고 초연히 나 홀로 걸어가
노라.

세존도, 2017

남아 가는 곳마다 고향인 것을

만해 스님, 오도송

남아 가는 곳마다 바로 고향인 것을
그 몇이나 객수 속에 오래 있었나
한 소리 크게 질러 삼천세계를 깨뜨리니
눈 속에 복사꽃이 조각조각 붉기만 하네

용인, 2012

천 가지 계획, 만 가지 생각

청허 스님, 열반송

천 가지 계획 만 가지 생각
붉은 화로 속 눈송이 하나
진흙 소가 물 위로 가니
땅과 하늘이 갈라지네

용인, 1992

좋은 포도주처럼

사람은 늙는 게 아니라 좋은 포도주처럼 익어간다.

People do not grow old, but grow ripe like good wine.

웬델 필립스

원주, 2021

아름다움과 깊이

불가(佛家)에서는 "집 안에 출가 수행자(스님)가 한 명 나오면 삼대가 지옥고를 면한다"는 말이 있습니다. 세상의 인연을 떠나서 오롯이 진리의 길을 가는 것은 그만큼 어렵고 귀하다는 뜻으로 이해할 수 있겠습니다. 성철(1912~1993), 만해(1879~1944), 청허(1520~1604) 스님은 각기 그 시대에 귀중한 발자취를 남겼습니다.

조선은 건국 후 성리학을 새 왕조의 근본이념으로 채택하고 전 왕조의 중심 이념이었던 불교를 탄압하면서 승과를 폐지했습니다. 서산 대사로 더 많이 알려진 청허 대사는 중종 때 문정왕후가 불교를 중흥하고자 다시 시행한 승과 1기생으로 합격하여 스님이 되었고, 임진왜란 때는 전국의 승병을 이끄는 8도 16종 도총섭으로서 전쟁의 승리에 중요한 역할을 했습니다. 사명 대사와 처영 대사를 제자로 길러내기도 했지요.

만해 스님은 3·1 독립선언의 실질적인 지도자의 역할을 하였고, 공약 3장을 직접 적어 추가하였습니다. 총독부 건물을 보지 않겠다는 뜻으로 성북동에 심우장을 북향으로 지어 말년을 보냈는데, 일본군의 식량 배급을 거부하여 광복이 되기 1년 전인 1944년 아사했다고 합니다.

해인총림의 초대방장, 대한불교조계종 6, 7대 종정을 지낸 성철 스님은 평생 동안 치열한 수행 정진과 청빈한 생활로 종교를 초월하여 많은 이들의 존경을 받았습니다.

출가송(出家頌)은 세속의 인연을 끊고 수행자로서의 길을 걷겠다는 다짐을, 오도송(悟道頌)은 수행을 통해서 얻어진 깨달음의 경지를, 열반송(涅槃頌)은 수행자로서의 삶을 마무리하는 경계를 담는 선시입니다. 모두 문학으로서의 아름다움과 함께 종교 철학적 깊이가 함께 묻어납니다.

웬델 필립스는 하버드 법대를 졸업하고 보스턴의 변호사 사무실에서 일하다가 흑인 인권운동에 참여하면서 평생을 적극적이고 헌신적으로 살다 갔습니다. 변호사이자 연설가로서 많은 명언을 남겼지요. 사람과 세월에 대한 따뜻한 시선을 보는 듯해서 참 좋습니다.

불도무상서원성(佛道無上誓願成)은 불제자들이 늘 마음에 두는 네 가지 큰 다짐, 즉 「사홍서원(四弘誓願)」의 마지막 구절입니다. '바른 삶과 아름다운 마무리가 아무리 어려워도 반드시 이루겠습니다'라는 뜻입니다. 2021년 우리 병원에서 무릎 치료를 받으셨고, 하루도 어김없이 새벽 4시에 바른 수행정진을 시작하는 1937년생 불필 스님(성철 스님의 출가 전 딸)의 여일한 모습에서 제가 배우는 가르침입니다.

백두산, 2024

41

랍비 벤 에즈라

로버트 브라우닝

함께 늙어가요
최고의 날은 아직 오지 않았으니,
삶의 마지막을 위해 처음이 시작되었죠.
우리의 시간은 신에게 있어요
신은 말하죠. "모두가 나의 뜻이라,
젊음은 반일 뿐. 나를 믿고 전체를 보라, 두려워 말라"
……

동해, 2022

진정한 힘

당신의 노력과 당신 자신을 존중하라.
자존심은 자기 훈련을 이끈다.
두 가지를 단단히 갖출 때, 진정한 힘이 된다.

Respect your efforts, respect yourself.
Self-respect leads to self-discipline.
When you have both firmly under your belt, that's real power.

클린트 이스트우드

카시, 1996

최고의 순간

　로버트 브라우닝은 1812년에 나서 1889년까지 살다 간 빅토리아 시대의 시인이며, 많은 이들이 사랑하는 시 「당신을 어떻게 사랑하느냐고요?」를 쓴 엘리자베스 브라우닝의 남편으로도 유명합니다.

　그는 시집을 통해서 알게 된 척추부상과 결핵 등의 병으로 시달리던 6년 연상인 엘리자베스 베렛에게 편지로 사랑을 고백하고 600여 통 가까운 편지로 마음을 나눈 후 엘리자베스 아버지의 반대에도 불구하고 비밀결혼식을 올립니다. 그 후 이탈리아로 가서 15년을 함께 살고, 엘리자베스가 죽은 후 28년을 독신으로 살다가 간 서양 순애보의 대명사입니다.

　로버트 브라우닝이 쉰두 살에 발표한 「랍비 벤 에즈라」의 첫 번째 연을 소개했습니다. "최고의 순간은 아직 오지 않았다"라는 오바마 대통령의 연설문과 궤를 같이 하는 멋진 구절입니다. 행복한 나이 듦, 아름다운 노년을 준비하는 이들에게 잘 어울리는 시입니다.

서부영화 배우로 유명해져서 영화제작자로도 큰 성공을 거둔 클린트 이스트우드는 1930년생으로 올해 94세의 고령임에도 불구하고 활발히 활동하고 있습니다. 여러 개의 아카데미상을 수상한 〈밀리언 달러 베이비〉를 포함하여 〈미스틱 리버〉 〈사선에서〉 〈인빅투스〉 등을 감독했습니다.

스스로 행하는 노력과 스스로를 존중하고, 그렇게 해서 함양된 자존감과 자제력 두 가지를 갖출 때 진정한 힘이 된다는 그의 제언은 어려운 가운데에서도 자신이 정한 목표를 향해 긴 세월을 묵묵히 걷고 있는 사람들에게 큰 용기를 줍니다.

42

부석사

김병연

평생에 여가 없어 이름난 곳 못 왔더니
백수가 된 오늘에야 안양루에 올랐구나
그림 같은 강산은 동남으로 벌려 있고
천지는 부평 같아 밤낮으로 떠 있구나
지나간 모든 일이 말 타고 달려온 듯
우주 간에 내 한 몸이 오리마냥 헤엄치네
백 년 동안 몇 번이나 이런 경치 구경할까
세월은 무정하다 나는 벌써 늙어 있네

부석사, 2022

능력, 동기, 태도

능력은 당신이 할 수 있는 것을 말하며,
동기는 당신이 하는 것을 결정하며,
태도는 당신이 얼마나 잘할지를 확정한다.

Ability is what you're capable of doing.
Motivation determines what you do.
Attitude determines how well you do it.

루 홀츠

바라나시, 2012

같고도 다른 인생길

'방랑 시인 김삿갓'으로 널리 알려진 조선 후기 시인 김병연은 집안이 멸문지화를 당해 황해도 곡산에서 숨어 살았습니다. 세도정치로 정치적, 경제적 차별을 심하게 받아온 평안도 지역에서 홍경래의 난이 발생했고, 이를 진압하는 과정에서 선천부사로 있던 그의 할아버지 김익순이 반란군에 패하고 말았는데, 이를 모면하려고 한 거짓 해명이 발각되는 바람에 참수형을 당한 것이 그 이유였지요.

이런 집안 사정을 알지 못했던 김병연은 장성하여 영월 향시에 참가해 김익순의 비겁함을 비난하는 글을 지어 장원급제했습니다. 결국 사실을 알고는 하늘을 볼 수 없다며 삿갓을 쓰고 평생 전국을 유랑하면서 부패한 지방관과 승려 들을 풍자하는 시 등을 쓰며 방랑 시인으로서 불행한 삶을 살았습니다. 그의 별칭인 '김립'은 삿갓[笠]을 의미합니다.

「부석사」는 백발이 된 그가 영주 부석사를 찾았을 때 안양루에서 보이는 소백산의 풍경을 슬프게 노래한 시입니다. 부석사를 방문하면 안양루에 걸려 있는 이 시를 볼 수 있습니다.

가난한 집에서 태어나 미국 대학 미식축구계에서 전설적인 감독으로, 또 가장 존경받는 동기부여 강사로 수많은 저서를 남긴 루 홀츠의 명언은 자기 자신의 삶과 업적으로 그 진실성을 명료하게 보여줍니다. 홀츠가 한 대학 졸업식에서 초청 연사로 행한 명연설은 유튜브를 통해서도 알려졌습니다. "사람은 나이에 관계없이 네 가지를 필요로 합니다. 할 일, 사랑할 사람, 소망할 대상, 믿음의 대상"은 연설에서 언급한 멋진 말입니다.

뛰어난 재능에도 불구하고 불운한 운명 때문에 방랑 시인으로 슬프고 불행한 인생을 살다간 김병연, 가난한 집에서 태어났지만 자신의 노력과 재능, 주변의 도움으로 행복하고 멋진 인생을 살고 있는 루 홀츠. 이 두 사람의 같고도 다른 인생길을 돌아보는 것은, 삶을 어떻게 살아야 하는가를 생각하는 사람에게 특별한 통찰을 전할 것입니다.

43

내생

김초혜

남은

사람들의

가슴에

있다

공주, 2013

비행기는 바람을 거슬러 이륙한다

모든 일이 당신에게 불리해 보일 때는
비행기가 바람을 거슬러야 날 수 있다는 것을 기억하라.

When everything seems to be going against you, remember
that the airplane takes off against the wind, not with it.

헨리 포드

페루, 1995

궁극적으로 추구하는 일

문단에 등단한 지 60년을 맞이한 김초혜 시인의 「내생」. 이렇게 짧은 시가 이렇게 오래도록 넓게 퍼져 나가는 울림을 가질 수도 있습니다. 이 시는 문학이 아니고 수행자의 오도송처럼 다가옵니다.

'비행기는 바람을 거슬러 이륙한다'는 헨리 포드의 명언은 다음의 말과 같은 맥락에 있습니다. "비행기가 얼마나 비행할 수 있느냐는 처음 이륙할 때 얼마나 높이 힘차게 비상하느냐에 달려 있습니다." 영화 〈노무현입니다〉로 유명한 이창재 감독이 2017년 원주 KT연수원에서 열린 티케이 개원 준비 워크숍에서 들려준 이야기입니다.

티케이 EIE 센터는 수월성(excellence)과 혁신성(innovation), 고객경험(experience)에 중점을 두고 티케이 가족의 노력을 총괄하는 곳입니다. 저희 병원에서 궁극적으로 추구하는 것은 어떤 치료를 받는 환자든 행복한 삶을 살아갈 수 있도록 돕는 것이지요.

이를 위해 '아름다운 노년 심포지엄'을 개최하는데, 이 행사는 저희 병원에서 수술받은 환자들이 건강하고 행복한 노년의 삶을 살아갈 수 있도록 필요한 정보를 제공하는 자리입니다. 저희가 매일 정진하는 모습이 환자들의 가슴에 아름다운 기억으로 남도록 정성을 다하고 있습니다.

44

장안성 남쪽에서 독서 중인 한부에게

한유

나무가 그림쇠와 곱자에 맞춰지는 건
목수와 수레공에 달려 있고
사람이 사람다운 사람이 될 수 있는 건
배 속에 시경과 서경이 들어 있기 때문
시경과 서경은 부지런해야 얻을 수 있는 법
부지런하지 않으면 배 속이 텅 비게 되네
배움의 공력을 알고 싶을 터
현명함과 우매함이 처음에는 같았다네
어떤 이는 배울 수 없었기 때문에
결국에는 다른 문으로 들어가게 된다네
두 집안에서 각기 자식을 낳으면
어린아이 때는 재롱이 서로 같고
조금 자라서는 함께 모여 노는데
같은 무리의 물고기와 다른 점이 없네
나이가 열두세 살 무렵이 되면
재능이 조금씩 서로 차이 나게 되고
스무 살이 되면 점점 격차가 벌어져
맑은 도랑이 더러운 개천에 비치는 것 같네
서른 살이 되면 골격이 완성되어
하나는 용이 되고 하나는 돼지가 되네

비황처럼 솟구쳐 올라 뛰어오르듯 멀리 감에
두꺼비 같은 것들은 돌아볼 수 없게 되네
한 사람은 말 앞의 졸개가 되어
등에 채찍을 맞아 구더기가 생기고
한 사람은 삼공이나 재상이 되어
넓고 깊숙한 관저에서 사네
무엇 때문에 그렇게 되었냐고 물으면
배운 것과 배우지 않은 차이 때문
황금과 둥근 구슬은 비록 귀중한 보물이어도
써 버리고 나면 저장해 두기 어렵지만
학문은 몸속에 간직하기에
몸에 있는 한 남아돌게 된다네
군자와 소인은
부모에게 달려 있지 않네
보지 못했는가! 삼공과 재상은
쟁기질하고 호미질하는 집에서 나온 것을
보지 못했는가! 삼공의 후손들은
춥고 배고프며 외출할 때 탈 당나귀도 없는 것을
문장이 어찌 귀하지 않겠냐만
경전의 가르침이 그 근본이라네

물웅덩이는 근원이 없어서
아침에 가득 찼다가도 저녁이면 말라 버리네
사람이 고금에 통달하지 못하면
말이나 소가 사람의 옷을 걸친 꼴이라네
처신이 의롭지 않은 데 빠지니
하물며 많은 명예를 바라겠는가?
때는 가을이라 장맛비가 개어
청량한 기운이 교외 언덕에 들어오네
등불을 차츰 가까이할 만해
책을 말았다 폈다 할 만하네
어찌 아침저녁으로 너를 생각지 않겠는가?
널 위해 흐르는 세월을 아깝게 여긴다네
은애함과 도의는 서로 상충함이 있나니
시를 지어 머뭇거리며 나아가지 않는 널 권면하네

라다크, 2008

진정한 노력

진정한 노력은 배신하지 않는다.
평범한 노력은 노력이 아니다.

True efforts will not betray you, and normal and ordinary
effort is not effort.

이승엽

안성, 2016

혼신을 다하다

당나라 때의 문인 한유는 아주 어려서 부모님을 여의고 형수의 손에서 조카와 함께 자랐습니다. 그에게는 열심히 공부하는 것만이 희망이고 즐거움이었지요. 여러 공직을 거쳤고, 당시의 형식적인 변려문을 버리고 생동감 있는 많은 명문을 남겨서 이후 중국의 문장에 지대한 영향을 끼쳤습니다. 그를 존경하는 사람들은 공자와 같은 반열에 두어야 한다는 뜻에서 '한자'로 부르기도 하지요.

손아래 조카가 죽었을 때 한유가 쓴 제문 「제십이랑문」은 제갈량의 「출사표」, 이밀의 「진정표」와 함께 중국 역사상 3대 명문으로 손꼽히는 절창입니다. 독서가 한 사람의 인생에 어떤 영향을 미칠 수 있는가를 힘주어 강조하는 글입니다. 저도 소년기나 청·장년기, 중년기, 이제 노년으로 가는 어느 때에서나 독서가 주는 즐거움과 혜택이 중함을 진정으로 느낍니다.

이승엽은 고졸 신인선수로 삼성에 입단하여 전무후무한 기록을 남긴 국민 홈런 타자였고, 방송 해설가로도 활동하였으며, 얼마 전 두산 베어스의 감독으로 새로운 커리어를 시작하였지요.

혼신을 다하는 노력이라면 이루지 못할 일이 없다는 의미를 담은 그의 명언은, 1995년 삼성에 입단하여 2017년 은퇴할 때까지 무려 22년 동안 평균 타율을 3할이 넘게 유지하였고, 한국과 일본 선수 시절을 합해 홈런 626개를 친 그의 기록이 진정한 노력에서 이루어진 것임을 알려주는 멋진 말입니다.

45

깃발

유치환

이것은 소리 없는 아우성
저 푸른 해원(海原)을 향하여 흔드는
영원한 노스탤지어의 손수건
순정은 물결같이 바람에 나부끼고
오로지 맑고 곧은 이념의 푯대 끝에
애수는 백로처럼 날개를 펴다.
아아 누구던가
이렇게 슬프고도 애달픈 마음을
맨 처음 공중에 달 줄을 안 그는.

라다크, 2018

성공의 요체

중요한 것은 일정대로 우선순위를 매기는 것이 아니라
당신의 우선순위대로 일정을 짜는 것이다.

The key is not to prioritize what's on your schedule, but to
schedule your priorities.

스티븐 코비

로마, 1991

행복의 4가지

유치환 시인은 일본강점기에 태어나서 일본 유학, 중국 망명 등의 어려운 세월 속에서도 강인한 정신을 담은 시들을 발표하였습니다. 한편으로 이영도 시조시인에 대한 긴 세월의 사모를 담은 시 「행복」을 발표하여 많은 사람들의 사랑을 받았습니다.

스티븐 코비는 자기계발 및 경영혁신 지도자로 가장 영향력 있는 삶을 살았던 사람으로, 전 세계적으로 5천만 부 이상 팔린 『성공하는 사람들의 7가지 습관』을 쓴 작가이기도 합니다. 제가 '행복의 4가지 요소'와 관련해 강의할 때 종종 사람들에게 소개하기도 합니다.

2000년대 초반 미국에서 2년간 연수한 적이 있습니다. 그때 저는 공부 일정을 계획하면서 스티븐 코비의 방법을 활용하였고, 2003년부터 2017년까지 대학에서 제자들을 지도할 때 각자의 성장을 이루는 데 중요한 역할을 할 수 있도록 그의 책을 강조한 적이 있습니다.

해야 할 일들을 중요도에 따라 중요한 것과 중요하지 않은 것으로 구분하고, 급한 정도에 따라 급히 처리해야 하는 것과 그렇지 않은 것으로 구분하는 것이지요. 급하고 중요한 것은 내가 직접 신속하게 처리할 것, 중요하지도 않고 급하지도 않은 것은 일의 목록에서 삭제할 것, 중요하지는 않으나 급히 처리할 것은 다른 사람에게 부탁해서 신속하게 처리할 것, 급하지는 않지만 중요한 것은 언제 할 것인지 일정을 정할 것. 이렇게 함으로써 업무 처리도 잘할 수 있고 마음 건강도 지켜 나갈 수 있다는 것이 스티븐 코비의 방법입니다.

목표를 정하고 그 목표를 잊지 않기 위해서 깃발로서 표상을 삼고, 그 목표를 이루기 위해서 자기가 할 수 있는 최선을 다하는 것. 이것이 청마 유치환 시인과 스티븐 코비, 두 분이 우리에게 일러주는 가르침입니다.

46

하여가

이방원

이런들 어떠하리 저런들 어떠하리
성황당 뒷담이 다 무너진들 어떠하리
우리도 이같이 하여 아니 죽으면 또 어떠리

제주, 2012

단심가

정몽주

이 몸이 죽고 죽어 일백 번 고쳐 죽어
백골이 진토되어 넋이라도 있고 없고
임 향한 일편단심이야 가실 줄이 있으랴

수원, 2009

행복의 비결

행복은 우리가 가진 것이 아니라,
우리가 가진 것을 어떻게 느끼냐에 달려 있다.
가진 것이 적어도 행복할 수 있고,
많아도 비참할 수 있다.

Happiness doesn't depend on what we have, but it does depend on how we feel toward what we have.
We can be happy with little and miserable with much.

윌리엄 D. 호드

어느 한쪽의 옳고 그름에 대해

　우리나라 사람들에게 가장 존경하는 조선의 왕을 고르라면 많은 분들이 네 번째 왕인 세종대왕을 뽑습니다. 그러나 많은 역사학자들은 세종대왕의 눈부신 업적은 그 선대인 태종이 만들어놓은 기반이 있었기에 가능하다고 평가합니다.

　왕조 국가에서 안정적 정권교체의 핵심인 장자세습 원칙을 지키려고 끝까지 애쓰다가 결국 나라의 미래를 위해 셋째인 충녕대군으로 세자를 바꾼 것이나, 세종이 왕권을 안정적으로 행사할 수 있도록 왕권에 위협이 될 수 있는 외척과 공신세력을 정리한 것 등이 그 근거입니다.

「하여가」는 후에 태종이 되는 이방원이 새로운 왕조를 여는 데 가장 큰 걸림돌이 되고 있던 대학자이자 정치가이며 외교관인 포은 정몽주를 회유하기 위해서 지은 시입니다. 함께 소개하는 「단심가」는 이에 응답한 시이지요. 대세를 받아들여 좋은 관계를 유지하자는 제안에 고려 왕조에 대한 변치 않는 마음을 노래했습니다.

이방원은 화해하고 조화할 것을 바라는 마음이지만, 정몽주는 의지와 단절을 담아 당시 두 사람의 입장이 첨예하게 드러납니다. 새 왕조를 열자는 것과, 원칙과 명분을 지키자는 입장이지요.

우리가 사는 세상에서 두 가지 상반되는 입장과 역할이 있으면 대개는 한쪽이 더 옳고 다른 한쪽은 틀리거나 덜 옳은 경우가 많습니다. 그러나 「하여가」와 「단심가」에서 보이는 입장은 어느 한쪽이 옳고 그르고를 쉽게 판단할 수 있는 것은 아닌 듯합니다. 역사에 기록되어 있는 태종의 역할이 없었으면 세종대왕에 의해서 창제된 (지금 이 글을 쓰고 있는) 한글도 이 세상에 없었을 것입니다.

중국 왕조의 평균 수명은 300년이 채 되지 않지만 조선 왕조가 500년이 넘게 지속된 하나의 요인으로 절대왕권을 적절하게 견제하는 사림의 역할을 인정하는 학문적 견해가 있습니다. 그 사림들이 추앙하는 충절의 아이콘이 바로 포은 정몽주입니다.

2016년 11월 티케이 정형외과 개원을 위해 '아름다운 노년을 위한 모임' 회원들과 준비할 무렵, 한남동 블루스퀘어에서 조각가 박승희의 전시회 〈불이(不二)〉가 열렸습니다. 그때 대표작으로 전시된 작품이 지금 티케이 EIE 센터에 전시된 〈불이〉입니다. 부처님과 예수님의 뜻이 둘이 아니라는 뜻이겠지요.

윌리엄 호드는 미국 낙농의 발전을 주도하고 위스콘신주 주지사를 역임한 사람으로 언론인이자 정치인으로서 많은 업적을 남겼습니다. 진정한 행복은 우리가 소유한 것에 의해 결정되는 것이 아니고, 소유한 것에 대해 어떤 견해를 갖느냐에 따라서 결정된다는 지혜의 말은, 묘하게도 「하여가」 「단심가」 「불이」와 울림이 통합니다.

47

나를 찾아가는 길

이상집

나를
찾아
가는

길

잠자는 것 빼고
모두가 수행이다

월정사, 2015

경험은 가장 귀한 것

경험이란 당신이 원하는 것을 얻지 못했을 때 얻는 것이다.
그리고 경험은 종종 당신이 내놓아야 하는 가장 귀한 것이다.

Experience is what you get when you didn't get what you
wanted.
And experience is often the most valuable thing you have to
offer.

랜디 포시

강릉, 2021

깊고도 깊은 인연

이상집 시인은 충청북도 청주 출생으로 한국폴리텍대학을 졸업하였고, 2023년 《시와 시학》에 「분별」 외 2편이 당선되어 등단하였습니다. 지금은 한국시인협회 회원으로 활동하고 있지요. 「나를 찾아가는 길」은 시인의 첫 번째 시집의 표제로 사용된 시입니다. 살아가는 것에 대한 시인의 근원적 마음자리, 그 마음자리에 의지하여 시작이 이루어짐을 짐작하게 하는 간결하면서도 심오한 시입니다.

랜디 포시는 컴퓨터공학 분야의 뛰어난 교수로서뿐만 아니라 인간과 컴퓨터의 상호작용에 대한 연구자로도 알려져 있습니다. 미국 메릴랜드주에서 태어나 브라운 대학교와 카네기 멜론 대학교에서 컴퓨터공학을 전공했습니다. 이후 버지니아 대학교와 카네기 멜론 대학교에서 교수로 활동하면서 소프트웨어 개발과 가상현실 등 다양한 분야에 참여했습니다. 그의 삶은 췌장암으로 인해 조기에 종지부를 찍었지만, 그의 마지막 강의는 많은 이들에게 큰 울림을 줬습니다.

'당신의 어릴 적 꿈을 진짜로 이루기'라는 주제로 진행된 그의 강의는 세계적으로 알려졌고, 인간애 넘치는 그의 이야기는 『마지막 강의』라는 책으로도 남았습니다. 그는 우리에게 꿈을 향한 열정과 삶을 의미 있게 살아가는 법을 가르쳐주었으며, 그의 따뜻한 메시지는 오늘날에도 계속되고 있습니다.

불교계의 보물을 간직한 통도사의 극락보전 옆 마당에는 신라 시대에 세워진 작은 돌기둥이 있습니다. 기둥에는 깨달음에 이르는 일곱 단계가 새겨져 있는데, 첫 번째가 정념, 즉 '바른 알아차림'입니다. 불교에서는 깨달음을 향해 스스로 닦아가는 것을 제일 중요시하는데 그 길을 가르쳐주는 것이 팔정도입니다. 팔정도의 첫 번째는 정견, 즉 '바른 견해'이며, 여섯 번째는 정념입니다. 바른 견해, 바른 알아차림은 지혜를 닦아가는 데 가장 중요한 요소입니다.

불교에서 이 지혜를 상징하는 분이 문수보살이고, 문수보살이 머무는 곳이 오대산이라고 하지요. 통도사와 월정사의 창건주가 자장율사인데, 그 이름이 의미하듯이 승단의 청정한 삶의 지침을 관장하는 율법으로 이름난 스님입니다. 바른 견해와 바른 알아차림으로 씨앗이 뿌려진 지혜가 자라나기 위해서는 청정한 삶의 자세, 즉 계율을 지키는 것이 필수입니다.

월정사에는 명상마을과 조정래문학관이 있습니다. 첫 번째 시집인 『나를 찾아가는 길』을 월정사에서 수행하면서 출간한 이상집 시인, 시업 60년 기념 시집 『마음의 집』을 출간한 김초혜 시인, 겨레의 바른 정신을 찾아가는 국민 작가 조정래 소설가, 수행과 원력으로 청정 도량을 가꾸어가는 정념 스님, 통도사와 월정사를 창건하신 자장율사…… 깊고도 깊은 인연은 이렇게 끊임없이 이어져 나갑니다. 저는 그저 두 손 모아 절하고 오체투지의 마음으로 정진할 뿐입니다.

4장

겨울

48

겨울 들판을 거닐며

허형만

가까이 다가서기 전에는
아무것도 가진 것 없어 보이는
아무것도 피울 수 없을 것처럼 보이는
겨울 들판을 거닐며
매운 바람 끝자락도 맞을 만치 맞으면
오히려 더욱 따사로움을 알았다
듬성듬성 아직은 덜 녹은 눈발이
땅의 품안으로 녹아들기를 꿈꾸며 뒤척이고
논두렁 밭두렁 사이사이
초록빛 싱싱한 키 작은 들풀 또한 고만고만 모여 앉아
저만치 밀려오는 햇살을 기다리고 있었다
신발 아래 질척거리며 달라붙는
흙의 무게가 삶의 무게만큼 힘겨웠지만
여기서만은 우리가 알고 있는
아픔이란 아픔은 모두 편히 쉬고 있음도 알았다
겨울 들판을 거닐며
겨울 들판이나 사람이나
가까이 다가서지도 않으면서
아무것도 가진 것 없을 거라고
아무것도 키울 수 없을 거라고
함부로 말하지 않기로 했다

제주, 2000

챔피언이 되는 길

챔피언이 되려면,
아무도 믿어주지 않을 때 당신 자신을 믿어야 한다.

To be a champ, you have to believe in yourself when nobody
else will.

슈거 R. 로빈슨

말리 도곤족, 2007

세상의 모든 존재

허형만 시인은 1945년에 전라남도 순천에서 태어나 1973년 문단에 등단한 이래로 내적인 성찰과 세상에 대한 관조의 깨달음을 가톨릭 신앙심이 배어 있는 따뜻한 시어로 표현해 왔다고 평가 받습니다.

2017년 교보문고 '광화문 글판'에 걸리며 널리 알려진 「겨울 들판을 거닐며」는 세상에 대해 사람들이 빠지기 쉬운 선입견과 편견을 벗어날 때 내 눈에 들어오는 긍정과 희망의 세상을 평이한 시어로 표현한 참 좋은 시입니다.

슈거 R. 로빈슨은 권투 역사상 가장 위대한 선수로 손꼽히는 전설적인 인물입니다. 세계 미들급 타이틀을 다섯 번이나 석권한 그가 남긴 업적은 그 이전에도 또 그 이후에도 아무도 남긴 적이 없다고 합니다. 그가 남긴 명언 "챔피언이 되려면, 아무도 믿어주지 않을 때 당신 자신을 믿어야 한다"는 어떻게 그런 전설의 권투 선수가 되었는지를 보여주는 글입니다.

세상의 모든 존재는 각자에게 가장 소중합니다. 겨울 들판을 거닐며 만난 작은 존재들에게서 발견한 큰 의미, 나의 가능성에 대해서 어느 누구도 믿어주지 않을 때 자기 스스로의 가치와 가능성을 믿고 뚜벅뚜벅 정한 길을 걸어가는 것, 명시와 명언이 함께 일러주는 지혜의 가르침입니다.

49

가장 넓은 길

양광모

살다 보면
길이 보이지 않을 때가 있다
원망하지 말고 기다려라
눈에 덮였다고
길이 없어진 것이 아니요
어둠에 묻혔다고
길이 사라진 것도 아니다
묵묵히 빗자루를 들고
눈을 치우다 보면
새벽과 함께
길이 나타날 것이다
가장 넓은 길은
언제나 내 마음속에 있다

바이칼 호수, 2022

자아의 형성

자아는 이미 만들어진 것이 아니라
행동을 선택하는 과정에서 지속적으로 형성되는 것이다.

The self is not something ready-made, but something in
continuous formation through choice of action.

존 듀이

이탈리아, 2017

실패의 경험

양광모 시인은 경희대 국문과를 졸업한 후 노동운동, 정치 참여, 사업, 강의와 집필 등을 해오다가 2013년 첫 시집 『한 번은 시처럼 살아야 한다』를 출간하며 전업 시인의 길로 접어들었다고 합니다. 2016년 강원도로 삶의 공간을 옮기고 시 창작에 전념하고 있는데, 문학적 수사에 집중하기보다는 일상의 언어를 활용하여 삶의 정서를 노래하는 시를 쓰는 것으로 알려져 있습니다.

양광모 시인은 네 번의 대학 입시 시험을 치르고 가까스로 대학에 진학했고, 지방선거에서는 두 차례 실패했다고 합니다. 긴 세월 동안 여러 차례 쌓은 실패의 경험은 쉰 살이 넘어서 시작한 시인으로서의 길을 가는 데 소중한 자산이 되었다고 말합니다. 그가 수험생과 학부모에게 말한다는 "첫째, 실패해도 됩니다. 둘째, 미래를 사랑하세요. 셋째, 내가 피우고 싶은 꽃을 피우세요"는 많은 이들에게 힘을 주는 말로 회자되고 있습니다.

가장 미국적인 교육철학자로 알려진 존 듀이는 1859년에 태어나서 1952년 93세로 세상을 떠나며 장수의 복을 누린 사람이기도 합니다. 함께 읽으면 더욱 풍요로운, 그가 남긴 지혜의 말이 있습니다. "우리는 경험을 통해 배우는 게 아니라 경험에 대한 성찰을 통해 배운다"와 "교육은 인생을 위한 준비가 아니라 인생 그 자체다"가 바로 그것입니다.

삶에는 세 가지 재앙이 있다고 하지요. 소년급제(少年及第), 중년상처(中年喪妻), 노년무전(老年無錢). 너무 어린 나이에 성공하는 것, 중년에 배우자를 잃는 것, 나이 들어 현실적 기반이 없는 것을 말합니다. 가만히 생각하면 고개가 끄덕여지지요. 길이 보이지 않을 때에도 빗자루를 들고 꾸준히 쓸다 보면 가장 넓은 길이 홀연히 나타나듯이, 우리의 자아도 보이지 않는 인생의 길을 쓸어가는 과정에서 완성되는 것이겠지요.

50

아끼지 마세요

나태주

좋은 것 아끼지 마세요
옷장 속에 들어 있는 새로운 옷 예쁜 옷
잔칫날 간다고 결혼식장 간다고
아끼지 마세요
그러다 그러다가 철 지나면 헌 옷 되지요

마음 또한 아끼지 마세요
마음속에 들어 있는 사랑스런 마음 그리운 마음
정말로 좋은 사람 생기면 준다고
아끼지 마세요
그러다 그러다가 마음의 물기 마르면 노인이 되지요

좋은 옷 있으면 생각날 때 입고
좋은 음식 있으면 먹고 싶을 때 먹고
좋은 음악 있으면 듣고 싶을 때 들으세요
더구나 좋은 사람 있으면
마음속에 숨겨두지 말고
마음껏 좋아하고 마음껏 그리워하세요

그리하여 때로는 얼굴 붉힐 일

눈물 글썽일 일 있다 한들
그게 무슨 대수겠어요!
지금도 그대 앞에 꽃이 있고
좋은 사람이 있지 않나요
그 꽃을 마음껏 좋아하고
그 사람을 마음껏 그리워하세요.

미리내, 2014

당신이 진정으로 원한다면

당신이 진정으로 하고 싶은 일이 있다면,
방법을 찾을 것이다. 그렇지 않다면,
변명거리만 찾을 것이다.

If you really want to do something, you'll find a way.
If you don't, you'll find an excuse.

짐 론

파리, 1991

우리가 흔히 놓치는 것

「아끼지 마세요」는 얼마 전 지인 덕분에 알게 된 시입니다. 마치 산문처럼 유장하게, 우리가 흔히 놓치고 지나갈 수 있는 지금 이 순간, 지금 이곳, 지금 이 사람의 소중함을 일깨워주는 선향이 듬뿍 묻어나는 절창입니다.

짐 론은 가난한 집에서 태어났음에도 젊은 나이에 엄청난 부를 이루었다가 또 잃기도 했지요. 이런 경험을 통해 자기계발, 성공전략 전도사로서 열정과 영감을 일으키는 강의와 집필 활동을 하여 많은 이들에게 사랑을 받았습니다.

"당신이 진정으로 하고 싶은 일이 있다면, 방법을 찾을 것이다. 그렇지 않다면, 변명거리만 찾을 것이다"라는 명언을 남겨, 우리 모두에게 스스로를 돌아보게 하는 시간을 선사했습니다. 늘 깨어 있는 마음을 유지하는 지혜로운 사람이 될 수 있으면 좋겠습니다.

안성, 2010

51

만월(滿月)

김초혜

달밤이면
살아온 날들이
다 그립다

만리가
그대와 나 사이에 있어도
한마음으로
달은 뜬다

오늘밤은
잊으며
잊혀지며
사는 일이
달빛에
한 생각으로 섞인다

마다가스카르, 2007

생각, 말, 행동을 일치시켜라

언제나 생각과 말과 행동이 조화롭도록 노력하라.
또한 생각을 맑게 하라.
그러면 모든 일이 잘되리라.

Always aim at complete harmony of thought and word and
deed.
Always aim at purifying your thoughts and everything will be
well.

마하트마 간디

한계사지, 2011

남아 있는 날들

예전에는 정월 대보름에 나물밥을 해 먹고, 아홉 짐의 나무를 하고, 밤이면 산에 올라 망월 불놀이를 하는 것이 시골 마을의 풍경이었습니다.

아름다운 노년을 만들어가고 있는 지인 한 분이 자녀들에게 이런 농담을 했다고 합니다. "만 번의 침을 속으로 삼키고, 평생 달과 별을 사랑한 여자, 여기 잠들다." 김초혜 시인의 「만월」은 문득 지나온 날들과 남아 있는 날들을 살피게 하는 아련한 시입니다.

성인으로 추앙되는 마하트마 간디는 인도의 좋은 집안에
서 나서 영국에서 변호사가 되었습니다. 영국의 식민지인 인
도에서 상류층 생활을 꿈꾸던 평범한 젊은이였다고 하지요.
그러던 그가 기차간에서 경험한, 그리고 남아프리카공화국
에 미물 때 경험한 식민지 인종에 대한 차별대우로 인해 인
생의 목표를 다르게 설정하고 인도로 돌아와서 대영제국에
대한 비폭력 저항 운동을 전개함으로써 인도 독립에 크게
기여했습니다.

"언제나 생각과 말과 행동이 조화롭도록 노력하라. 또한
생각을 맑게 하라. 그러면 모든 일이 잘되리라"는 늘 깨어 있
는 사람으로 스스로를 정의한 붓다의 삶과 함께 영원한 삶,
적멸로 인도하는 길을 제시하는 듯합니다.

52

임자년 정월 초이틀 입춘 날에 읊다

이황

경전(經傳)을 펼쳐놓고
성현을 마주하여,

밝고 텅 빈 서재에
초연히 앉았네.

매화 핀 창가에서
봄소식 또 보게 되니,

아름다운 거문고에 줄이 끊어졌다고
탄식하지 않으리.

퇴계종택, 2010

리더십은 영향력이다

리더십이란 직위나 직책, 작업순서에 대한 것이 아니다.
또 다른 삶에 영향을 끼치는 것이다.

Leadership is not about titles, positions or flowcharts.
It is about one life influencing another.

존 맥스웰

이스터섬, 1999

누군가를 위하는 일

퇴계 이황은 조선 명종 즉위년인 1545년에 을사사화로 한때 파직되었다가 복직되었습니다. 이후 여러 벼슬자리에 임명되었으나 고향으로 내려가 학문을 닦다가 1548년 충청도 단양군수로 부임하였습니다. 그해에는 두 번째 부인이 아이를 낳다 아이와 함께 세상을 떠나는 어려운 시기를 보냈지요. 이후 그의 형이 충청도 관찰사로 부임함으로써 그는 경상도 풍기의 군수로 자리를 옮깁니다.

매화에 대한 시를 100편 이상 남긴 퇴계는 임종 때 "매화에 물 주는 것을 잊지 마라"는 유언을 남겼다고 하지요. 풍기 군수로 갈 때 아끼던 관기 두향에게 매화 화분을 선물로 받아 그녀를 그리워하며 이 시를 썼다는 설도 전해지지만, 매우 다정다감하고 세심한 성정으로 인해 후세 사람들이 그를 칭송하다 꾸며낸 이야기라는 게 더 정확한 것 같습니다.

존 맥스웰 목사는 미국에서 가장 유명한 리더십 강사 중한 명입니다. 얼마 전 우리나라를 방문하여 코로나 이후 목회자의 역할에 대한 강의를 한 적이 있습니다. "리더십이란 직위나 직책, 작업순서에 대한 것이 아니다. 또 다른 삶에 영향을 끼치는 것이다"라는 그의 정의는 참 멋있습니다.

성리학적 원칙을 지키면서도 따뜻한 인간적인 면을 간직한 퇴계 이황, 리더십을 타인에 대한 사랑으로 확장시키는 맥스웰 목사, 시대는 달라도 한 가지로 멋진 가르침을 줍니다.

젊어서는 누군가를 위하면 그를 가까이에 두고 그가 좋아하는 것을 챙겨줘야 한다고 생각했습니다. 세월이 지나면서 진정한 사랑은 그가 아름답고 가치 있는 인생을 살아갈 수있도록 지혜를 닦아나갈 기회를 마련해 주고 함께 그 길을가는 것임을 깨닫습니다.

53

〈세한도〉 발문 중에서

김정희

공자께서 말씀하시기를 날씨가 추워진 뒤에야 소나무와 잣나무가 늦게 시듦을 안다고 하셨다.

소나무와 잣나무는 네 계절을 지나도 시들지 않는데 날씨가 추워지기 전에도 한결같이 소나무와 잣나무였고, 날씨가 추워진 후에도 한결같이 소나무와 잣나무였다. 그런데도 성인께서는 특별히 날씨가 추워진 뒤를 일컬으셨다.

이제 그대가 나를 대함을 보면 이전이라 하여 지금보다 더함이 없지만, 이후라고 해서 지금보다 덜함이 없다. 그러면 이전의 그대는 일컬을 만한 것이 없겠으나 이후의 그대는 또한 성인에게 일컬을 만한 것이 아니겠는가?

성인께서 유독 이를 일컬었던 것은 다만 늦게 시드는 곧은 절조와 굳센 절개를 위한 것일 뿐만 아니라 또한 날씨가 추워진 때에 느끼시는 바가 있었던 것이다.

강릉, 2021

성공하고 싶다면

당신이 성공하길 바란다면 기본적인 원칙을 지켜야만 한다.
최선을 다하면서 기회를 기다리는 것이다.

If you want to succeed, you have to keep the basic principle.
It is waiting for an opportunity while doing your best.

토마스 A. 슈웨이크

티베트 서쪽, 1997

명품은 무엇으로 완성되는가

추사 김정희의 대표작 〈세한도〉는 제주도에서 유배 생활
을 보내고 있던 1844년에 변함없이 귀한 서적을 보내준 제
자 이상적에게 고마운 마음의 표시로 그려준 그림입니다. 그
림을 그린 사연을 발문으로 붙였습니다. 『논어』에서 "추위가
심해진 후에야 소나무와 잣나무가 늦게 시듦을 안다"는 구
절에서 그림의 제목이 유래했다고 하지요.

가지 꺾인 노송 하나를 포함한 송백 네 그루, 형태만 간략
하게 그려진 집의 구도에서 변하지 않는 마음을 지키고 있
는 제자 이상적의 모습을 표현하고, 곧게 서 있는 소나무에
비스듬하게 기대어 있는 노송을 자신의 모습으로, 그리고 스
산하게 서 있는 빈집으로 자신의 내면을 표현한 것이라고 설
명하는 이들이 있습니다.

세한도를 선물 받은 역관 이상적은 이 그림을 청나라에 가져가 학자 열여섯 명의 감상평을 함께 붙여왔다고 합니다. 이후 조선의 학자 네 명의 감상평이 더해졌다고 하지요. 추사가 본래 그린 글과 발문은 가로 109센티미터, 세로 24센티미터로 크지 않은데, 감상평이 함께 엮여 무려 15미터에 이르는 길이가 되었습니다.

그림과 사연이 모두 특별하여 국보 제180호로 지정되었고, 50년 동안 이 작품을 소장하고 있던 기업인 손창근 선생이 2020년 국립중앙박물관에 기증하여 특별전시관에서 전시된 바 있습니다.

"법도를 벗어나지 않으면서 법도에 매이지 않는다"는 유홍준 교수가 강의에서 추사체의 정신을 설명한 표현입니다. 금수저의 대명사이자 학자, 정치인으로서 최고의 영광을 누리고 있던 추사는 쉰다섯에 동지부사로 임명되었고, 평생의 스승 청나라 완원을 만날 꿈에 부풀어 있던 때 갑작스럽게 시련을 맞습니다. 그때가 1840년이었습니다.

그로부터 5년이라는 인고의 세월을 보낸 후 〈세한도〉가 탄생되었습니다. 제주도에서의 유배가 없었다면 추사체 역시 탄생되지 않았을 것으로 보는 견해가 많습니다. 예술에서도 인생에서도 명품은 시련을 통해서 완성되는 것이 세상의 이치인 듯합니다.

미국의 변호사이자 정치인인 토마스 슈웨이크는 자기계발 강사와 저자로도 활동한 바 있습니다. 그의 말, "당신이 성공하길 바란다면 기본적인 원칙을 지켜야만 한다. 최선을 다하면서 기회를 기다리는 것이다"는 어쩌면 너무도 평범해서 명언으로 생각하기 어렵지만, 가만히 생각하면 그렇기에 진실을 담고 있는 명언이라는 생각이 듭니다.

고성, 2016

54

부지런히 닦아서

신수 스님

몸은 깨달음의 나무요
마음은 밝은 거울과 같네
부지런히 털고 닦아서
티끌이 없도록 하리

양양 진전사지, 2022

본래 실체가 없는데

혜능 스님

깨달음에는 본래 나무가 없고
거울 또한 받침대가 없네
본래 실체가 없는데
어느 곳에 티끌이 일어나리오

한계사지, 2015

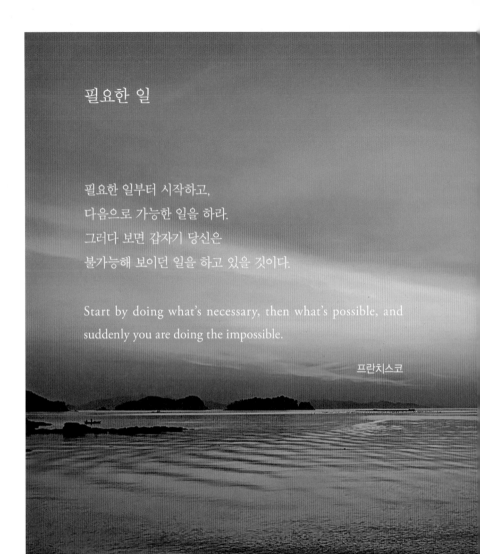

필요한 일

필요한 일부터 시작하고,
다음으로 가능한 일을 하라.
그러다 보면 갑자기 당신은
불가능해 보이던 일을 하고 있을 것이다.

Start by doing what's necessary, then what's possible, and
suddenly you are doing the impossible.

프란치스코

남해, 2023

중도를 택하다

깨달음에 이르는 수행법으로는 부지런히 갈고닦아 점진적으로 깨달음을 향해서 나아가는 '점수(漸修)'와, 본래의 청정한 성품을 인식하여 즉시 깨달음에 이르는 '돈오(頓悟)'가 있습니다. 이에 대한 논쟁은 불교가 중앙아시아를 거쳐서 동아시아(중국, 한국, 일본)에 전래된 이래로 지속되고 있습니다.

소개해 드린 게송은 깨달음을 얻기 위한 바른 길에 대한 두 가지 상반된 견해를 상징적으로 보여주는 사연에 등장합니다. 달마 대사에서 시작된 선종이 2조 혜가, 3조 승찬, 4조 도신, 5조 홍인 스님으로 이어진 당나라 때입니다. 광둥성 근처 남쪽 지역에서 가난하게 살던 혜능 스님이 저잣거리에서 어느 스님이 읽어준 『금강경』 4구게, 즉 "마땅히 머무는 바 없이 그 마음을 내어라[應無所住 以生其心]"를 듣고 풍무산에서 법을 설하고 있던 홍인 스님께 찾아가 법을 구하였다고 합니다.

홍인 스님은 첫 면담에서 그가 큰 인물임을 알아보았지만 다른 제자들이 시샘하여 해칠 것을 염려해 장작을 준비하는 일을 시켰습니다. 그로부터 8개월 후 종단을 이끌 지도자를 게송으로 뽑겠다고 공지합니다. 학식과 인품으로 많은 사람들에게 인정을 받은 신수 스님이 "부지런히 털고 닦아서/

티끌이 없도록 하리"라고 쓰자, 혜능 스님이 이를 반박해 "본래 실체가 없는데/ 어느 곳에 티끌이 일어나리오"라고 썼다고 하지요.

어떤 사안에 대해서 두 가지 상반된 견해가 있다면, 진실은 대체적으로 그 중간쯤에 있는 듯합니다. 그러기에 양 극단을 피하여 옳은 길을 찾아가는 것을 '중도를 택한다'고 합니다. 그러나 중도는 적당한 타협을 의미하는 것이 아니라 그 상황에 가장 맞는 방안을 찾는 것으로 이해하는 것이 옳겠지요. 사람의 본성은 본래 선하고 누구나 깨달음으로 갈 수 있지만, 게으르지 않고 늘 정진하면서 문득문득 깨달음의 경지를 경험하면서 자기의 삶을 완성해 가는 것, 즉 돈오점수(頓悟漸修)가 중도의 입장이라고 할 수 있습니다.

아시시의 성인 프란치스코가 남긴 "필요한 일부터 시작하고, 다음으로 가능한 일을 하라. 그러다 보면 갑자기 당신은 불가능해 보이던 일을 하고 있을 것이다"는 돈오점수와도 맥이 통하는 지혜의 말씀입니다.

55

12월의 독백(獨白)

오광수

남은 달력 한 장이
작은 바람에도 팔랑거리는 세월인데
한해를 채웠다는 가슴은 내놓을 게 없습니다.

욕심을 버리자고 다잡은 마음이었는데
손 하나는 펼치면서 뒤에 감춘 손은
꼭 쥐고 있는 부끄러운 모습입니다.

비우면 채워지는 이치를 이젠 어렴풋이 알련만
한 치 앞도 모르는 숙맥이 되어
또 누굴 원망하며 미워합니다.

돌려보면 아쉬운 필름만이 허공에 돌고
다시 잡으려 손을 내밀어 봐도
기약의 언질도 받지 못한 채 빈손입니다.

그러나 그러나 말입니다.
해마다 이맘때쯤 텅 빈 가슴을 또 드러내어도
내년에는 더 나을 것 같은 마음이 드는데 어쩝니까?

해남, 2017

상처와 은혜

상처는 먼지 위에 쓰고, 은혜는 대리석에 새겨라.

Write injuries in dust, benefits in marble.

벤저민 프랭클린

암각화, 2022

한 사람 한 사람이 모여

잘 익은 단풍은 꽃보다 아름답다는 말이 있습니다. 노랗고 빨갛게 채우는 단풍은 꽃 피는 봄 산보다 가을 산을 더 아름답게 만듭니다. 단풍이 가득한 가을 산을 멀리서 보면 마치 한 덩어리 같습니다. 그러나 가만히 오랫동안 살펴보면 온갖 종류의 나무가 함께 어우러짐으로써 나무들이 제각기 아름다우면서도 전체로서도 아름다움을 이룹니다. '하나 속에 모두가 있고, 모두 속에 하나가 있으며 하나가 모두이며 모두가 하나'인 법의 성품을 보여주는 듯합니다.

오광수 시인의 「12월의 독백」은 한 해를 마무리하는 때 우리 모두가 공감할 수 있는 지난 세월에 대한 아쉬움과 반성, 그리고 다가오는 새해에 대한 희망과 다짐을 진솔하게 보여주는 시입니다.

단풍잎 하나를 보면 예쁘지 않은 곳도 있고 벌레 먹은 곳도 있지요. 완전하지 않은 존재이지만 그 불완전한 단풍잎 하나하나가 모여서 아름다운 단풍나무와 가을 산을 이룹니다. 후회와 아쉬움 속에서도 새로운 희망을 가져보는, 불완

전한 우리 한 사람 한 사람이 모여서 아름다운 세상을 이루어내는 것과 같습니다.

미국 건국의 아버지 벤저민 프랭클린은 그 업적은 물론 삶의 이력, 그리고 그가 남긴 말 모두가 삶의 소중한 귀감이 되는 영원한 인류의 사표라 생각합니다. "상처는 먼지 위에 쓰고, 은혜는 대리석에 새겨라"라는 명언은 성공을 위한 대인관계의 지침으로서도, 행복한 인생을 위한 마음가짐의 지침으로서도 좋은 가르침입니다.

56

나는 배웠다

양광모

나는 몰랐다

인생이라는 나무에는
슬픔도 한 송이 꽃이라는 것을

자유를 얻기 위해 필요한 것은
펄럭이는 날개가 아니라 펄떡이는 심장이라는 것을

진정한 비상이란
대지가 아니라 나를 벗어나는 일이라는 것을

인생에는 창공을 날아오르는 모험보다
절벽을 뛰어내려야 하는 모험이 더 많다는 것을

절망이란 불청객과 같지만
희망이란 초대를 받아야만 찾아오는 손님과 같다는 것을

12월에는 봄을 기다리지 말고
힘껏 겨울을 이겨 내려 애써야 한다는 것을

친구란 어려움에 처했을 때 나를 도와줄 수 있는 사람이 아니라
어려움에 처했을 때 내가 도와줘야만 하는 사람이라는 것을

누군가를 사랑해도 되는지 알고 싶다면
그와 함께 밤하늘의 별을 바라보면 된다는 것을

어떤 사랑은 이별로 끝나지만
어떤 사랑은 이별 후에야 비로소 시작된다는 것을

시간은 멈출 수 없지만
시계는 잠시 꺼둘 수 있다는 것을

성공이란 종이비행기와 같아
접은 시간보다 날아다니는 시간이 더 짧다는 것을

행복과 불행 사이의 거리는
한 뼘에 불과하다는 것을

삶은
동사가 아니라 감탄사로 살아야 한다는 것을

나는 알았다

인생이란 결국
배움이라는 것을

인생이란 결국
자신의 삶을 뜨겁게 사랑하는 법을 깨우치는 일이라는 것을

인생을 통해
나는 내 삶을 사랑하는 법을 배웠다

남해, 2018

매일 꾸준하게

매일 피아노 치는 것은 무척 지루한 일이다.
그러나 유명한 피아니스트들은 시간이 날 때마다
매일같이 연습한다.

It is very boring to bang on the piano keys everyday.
But famous pianists will practice playing the piano everyday
whenever he had the time.

피터 드러커

안성, 2022

아쉽고 쓸쓸한 마음

세월에는 눈금이 없다고 하지만, 해마다 한 해를 마무리 하는 때가 되면 평소와는 다른 생각과 감정을 갖게 됩니다. 한 해를 잘 보냈다며 안도하는 마음을 갖기도 하고, 신세진 분들에 대한 감사의 마음도 갖습니다. 그러나 마음 한편에 아쉽고 쓸쓸한 마음이 드는 것 또한 사실입니다.

양광모 시인의 「나는 배웠다」는 한 해를 마치는 우리의 마음을 달래주는 참 좋은 시입니다. 파도 일렁이는 남해바다를 힘차게 항해하는 사람들을 담은 이해선 작가의 사진을 짝지어 한 해를 보내고 새해를 맞이하는 우리 모두를 위한 격려의 마음을 담았습니다.

오스트리아의 빈에서 경제학자인 아버지와 의사인 어머니 사이에서 태어난 피터 드러커는 오스트리아, 독일, 영국에서 수학하고 직장생활을 하다가 파시즘과 공산주의, 나치의 영향으로 유럽 전역이 소용돌이치던 때에 미국으로 이주해 정착했습니다. 이후 공산주의와 나치즘을 비판하는 글을 발표하였고, 40여 권에 달하는 명저를 출간하면서 현대 경영학의 시조로 존경받았습니다.

뜻을 이루기 위해서는 지루함을 극복하고 매일 꾸준하게 노력하는 것이 중요하다는 것을 강조한 피터 드러커의 글은 한 해를 마무리하고 또 새해를 맞는 우리들에게 좋은 지침이 됩니다.

57

끝까지 해보라

에드거 A. 게스트

네게 어려운 일이 생기면
마주보고 당당하게 맞서라.
실패할 수 있지만, 승리할 수도 있다.
한번 끝까지 해보라.

네가 근심거리로 가득 차 있을 때
희망조차 소용없게 보일지도 모른다.
하나 지금 네가 겪고 있는 일들은
다른 이들도 모두 겪은 일일 뿐임을 기억하라.

실패한다면, 넘어지면서도 싸워라.
무슨 일을 해도 포기하지 말라.
마지막까지 눈을 똑바로 뜨고 머리를 쳐들고
한번 끝까지 해보라.

사하라, 2007

행복의 조건

행복한 사람은 어떤 조건에 있는 사람이 아니라
어떠한 태도를 지닌 사람이다.

A happy person is not a person in a certain set of circumstances,
but rather a person with a certain set of attitudes.

휴 다운스

귀주성, 2021

기회와 위험

에드거 A. 게스트는 영국에서 태어나 열 살에 미국 미시
간주 디트로이트로 이주했습니다. 어린 나이에 아버지를 여
의고 어려운 형편에서 성장했지요. 하지만 열심히 노력하고
꾸준히 글을 써서 연방 뉴스 보도 책임자가 되었습니다. 또
한, 평생 1만 편이 넘는 시를 발표하여 영국 왕실의 계관시인
으로도 인정받았습니다.

「끝까지 해보라」는 그가 스스로의 삶에서 얻은 경험과 지
혜를 주변 사람들을 위한 따뜻한 격려의 메시지로 담은 시
입니다.

우리는 흔히 행복을 위해서는 재산, 건강, 사람 등 물질적
인 조건을 갖추는 것이 중요하다고 생각합니다. 그러나 행복
의 요체는 그런 외적인 조건보다는 오히려 우리 스스로의
내면이 더 중요하지요. 이를 일깨워주는 휴 다운스의 명언은
많은 것을 생각하게 합니다.

휴 다운스는 미국에서 텔레비전과 라디오 방송인으로서
바쁜 활동을 하면서도 노인학 석사학위를 받았고, 호스피
스 관련 교육 활동에도 관여했습니다. 방송인으로서 명예의
전당에 올랐고, 1921년에 태어나 2020년에 세상을 떠났으니
99세 장수 인생을 살았습니다. 또한 개인적으로도 행복한
삶을 살았지요.

"행동할 때 삶이 시작된다"라는 그의 또 다른 명언은 이익
과 손해, 기회와 위험을 너무 오래 생각하면서 소중한 시간
을 속절없이 놓치고 있는 우리들에게 큰 가르침을 줍니다.

58

꿈을 잊지 마세요

울바시 쿠마리 싱

어둡고 구름이 낀 것 같던 날은 잊어버리고
태양이 환하게 빛나던 날을 기억하세요.
실패했던 날은 잊어버리고
승리했던 날을 기억하세요.

지금 번복할 수 없는 실수는 잊어버리고
그것을 통해 교훈을 기억하세요.
어쩌다 마주친 불행은 잊어버리고
우연히 찾아온 행운을 기억하세요.

외로웠던 날은 잊어버리고
친절한 미소를 기억하세요.
이루지 못한 목표는 잊어버리고
항상 꿈을 지녀야 한다는
사실을 기억하세요.

인도, 1991

오늘 어떻게 살아갈 것인가

당신은 어떻게 죽을지 선택할 수 없다.
언제인지도 마찬가지다.
다만 지금 어떻게 살 것인지를 결정할 수 있을 뿐.

You don't get to choose how you're going to die, or when.
You can only decide how you're going to live. Now.

조안 바에즈

브라질 코파카바나비치 1994

바라는 것 없이

오래전 세상의 온갖 괴로움으로부터 벗어났다고 알려진 현자가 있었습니다. 어느 수행자가 그 현자에게 간절히 물었습니다. "어떻게 괴로움을 여의게 되셨습니까?" 그랬더니 현자가 말했지요. "특별한 비결은 없지. 다만 바라는 것 없이 살면서 괴로움이 사라졌지."

꿈을 간직하는 것은 미래에 올 무엇인가를 바란다는 뜻입니다. 따라서 그 현자의 말에 따르면 꿈을 갖게 되면 괴로움을 겪을 수밖에 없을 것입니다.

여기에서 개인의 욕구를 충족하기 위한 꿈과, 더불어 행복을 이루기 위한 꿈의 차이가 나옵니다. 개인의 욕망만을 위한 꿈은 어쩌면 필연적으로 괴로움을 동반하지만, 모두를 위한 꿈을 간직하면 그 꿈을 좇는 과정이 바로 삶의 의미가 되기에 행복으로 이끕니다.

맑고 청아한 음성, 의식 있는 가사로 수많은 히트 곡을 낸 미국 가수 조안 바에즈의 명언, "당신은 어떻게 죽을지 선택할 수 없다. 언제인지도 마찬가지다. 다만 지금 어떻게 살 것인지를 결정할 수 있을 뿐"은 명시 「꿈을 잊지 마세요」와 멋진 화음을 이루는 지혜의 절창입니다.

59

해는 기울고

김규동

운명

기쁨도
슬픔도
가거라

폭풍이 몰아친다
오, 폭풍이 몰아친다
이 넋의 고요.

인연

사랑이 식기 전에
가야 하는 것을

낙엽 지면
찬 서리 내리는 것을.

당부

가는 데까지 가거라
가다 막히면
앉아서 쉬거라

쉬다 보면
보이리
길이.

인제, 2016

노인의 의미

스물이든 일흔이든 배우기를 그만두는 사람은 노인이다.

Anyone who stops learning is old, whether this happens at twenty or seventy.

헨리 포드

말리, 2007

밝고 낙관적인 생각

김규동 시인은 함경북도 출신으로, 모더니즘 시가 대세였던 시대의 대표적 시인 중 한 사람으로 활동하며 깊은 울림을 전했습니다. 그는 1948년에 단신으로 월남하여 김기림 시인을 찾아가 스승으로 삼고 문학의 길을 걸었으며, 그 후 교사·언론인·출판인으로 활약하며 문학계에 큰 영향을 끼쳤습니다. 1950년대에는 박인환 등과 함께 '후반기' 동인을 결성하여 문단에 커다란 충격을 줬으며, 전후 문학의 흐름을 이끌었습니다.

이후 민주화 운동에도 참여하면서 민중 의식을 기반으로 한 리얼리즘과 민족 통일을 지향하는 시를 통해 재야에서 주요한 역할을 했습니다. 80세에 마지막 시집을 내고 통일의 날을 기다리던 시인은 북에 홀로 남은 어머니를 그리워하며 2011년 9월 별세하였습니다. 시인의 시는 그의 삶을 담아내듯 우리에게 말을 걸어옵니다.

「해는 기울고」는 삶과 운명에 대한 시인의 깊은 사색에서 나온 달관의 지혜가 담겨 있어, 좌절의 순간에도 희망을 간직할 것을 당부하는 듯합니다. 마지막 연은 참으로 많은 분들이 좋아하는 구절입니다. 지혜와 사랑을 함께 느낄 수 있는 절창으로 생각합니다. 이 시를 읽으면서 저는 말과 글이나, 행동과 삶에서 지혜와 자애를 함께 갖춘 사람으로 살아가려고 노력하고 있나를 돌아보곤 합니다.

무릇 인공관절수술을 받는 분들의 평균 나이는 대략 70세이지만, 그 외에도 40대 후반부터 80대 후반까지 다양한 연령대의 환자분들이 계십니다. 수술 전 검사를 통해서 나타나는 건강 상태는 꼭 나이와 일치하지는 않는 듯합니다. 아직 젊은 나이라고 여겨지는 60대 초반임에도 불구하고 노인성 질환을 많이 앓고 계신 분도 있고, 반대로 80대 후반임에도 아주 건강한 분들도 계십니다.

이는 단지 신체의 건강뿐만 아니라 정신의 건강 또한 마찬가지입니다. 80대 후반에도 건강한 분들의 공통점은 밝고 낙관적인 생각을 하며 늘 새로운 것에 대해서 관심을 갖고 배우고 있다는 점입니다. 이럴 때 헨리 포드의 명언이 진실임을 깨닫습니다.

60

나에게는 꿈이 있습니다

마틴 루서 킹

......

나에게는 꿈이 있습니다.
언젠간 이 나라에서
모든 인간이 평등하게 창조되었다는 진리가
꼭 실현될 것이라는 꿈입니다.

나에게는 꿈이 있습니다.
붉게 물들어가는 조지아주의 언덕에서
노예의 후손과 노예 소유자의 후손이
함께 앉아 식사할 날이 꼭 올 것이라는 꿈입니다.

......

우리가 모든 주와 도시에서
다 함께 자유의 종을 울린다면,
흑인과 백인, 유대인과 이방인, 개신교인과 가톨릭교인,
이 모든 하나님의 자녀들이 손에 손을 잡고
오랜 영적 말씀을 노래하는 날이 올 것입니다.

"마침내 자유로워지리라! 드디어 자유로워지리라!
전능하신 하나님의 은총으로
마침내 우리는 자유롭습니다."

몽골, 2022

불가능은 없다

입증되기 전까지는 불가능이란 없다.
비록 불가능하다고 입증되더라도
단지 지금만 그런 것일지 모른다.

All things are possible until they are proved impossible and
even the impossible may only be so, as of now.

펄 S. 벅

티베트 서쪽, 1997

큰 행복, 작은 행복

　미국에서 개인의 생일이 국경일로 정해진 것은 단 두 명입니다. 초대 대통령인 조지 워싱턴과, 인권운동을 하다가 서른아홉의 나이에 암살된 마틴 루서 킹 목사입니다.

　킹 목사는 비폭력 인권운동을 이끈 공로로 1964년 노벨 평화상을 수상하였습니다. 그의 연설은 1963년 뜨거운 여름날 미국의 수도 워싱턴에 30만 명의 사람들이 모인 자리에서 행해졌는데, 인류 역사상 가장 유명한 연설문으로 꼽힙니다. 시의 범주에 들어가지는 않지만, "I have a dream"으로 시작되는 그의 연설문 뒷부분은 그 자체로 매우 시적입니다.

　미국의 여성 작가 펄 S. 벅은 우리나라에 각별한 애정을 가졌던 것으로도 유명합니다. 그가 남긴 주옥같은 명언 중에 "불가능은 없다" 외에도, "우리는 큰 행복을 찾느라 작은 행복을 놓친다" "힘은 희망을 갖는 사람에게서 나오고, 용기는 내 안에 있는 의지에서 나온다" "인생에서 행복의 비결은 내가 하는 일을 빼어나게 잘 하는 것이다" 등이 있습니다.

용인, 2016

61

살아남아 고뇌하는 이를 위하여 2

칼릴 지브란

때때로 임종을 연습해 두게. 언제든 떠날 수 있어야 해.
돌아오지 않을 길을 떠나고 나면
슬픈 기색을 보이던 이웃도 이내 평온을 찾는다네.
떠나고 나면 그뿐. 그림자만 남는 빈자리엔
타다 남은 불티들이 내리고 그대가 남긴 작은 공간마저도
누군가가 채워 줄 것이네.
먼지 속에 흩날릴 몇 장의 사진, 읽혀지지 않던 몇 줄의 시가
누군가의 가슴에 살아남은들 떠난 자에게 무슨 의미가 있나.

그대 무엇을 잡고 연연하는가.
무엇 때문에 서러워하는가.
그저 하늘이나 보게.

미얀마, 2018

두려움은 나침반이다

두려움은 당신의 적이 아니다.
그것은 당신이 성장할 영역을 가리키는 나침반이다.

Fear is not your enemy.
It is a compass pointing you to the areas where you need to grow.

스티브 파블리나

제주, 2011

아픈 이들을 위한 기도

예수님이 태어난 곳과 가까이 있는 나라인 레바논은 수에 즈운하로 인해 강대국들의 수탈을 받고 튀르키예의 폭정에 시달려왔으며, 수많은 레바논인들이 유럽이나 미국으로 떠난 슬픈 역사를 가지고 있습니다.

1883년 레바논에서 태어난 칼릴 지브란 역시 고난의 인생을 살 수밖에 없었습니다. 그는 미국의 여성 교육자인 메리 하스켈과 주고받은 서신집 『보여줄 수 있는 사랑은 아주 작습니다』로도 우리나라에 널리 알려진 시인입니다. 「살아남아 고뇌하는 이를 위하여 2」는 동양적인 사유의 깊이가 느껴지는 시로, 겨울에 음미하기에 좋습니다.

금세기 최고의 문화비평가이자 통시역사학자로 불리는 유발 하라리 교수는 감정을 인류가 생존을 위해서 발전시켜온 뛰어난 방어기제로 설명한 바 있습니다. 1971년생으로 비교적 젊은 동기부여 전문가인 스티브 파블리나의 "두려움은 당신의 적이 아니다. 그것은 당신이 성장할 영역을 가리키는 나침반이다"라는 멋진 지혜의 가르침을 제안합니다.

정목 스님이 주관하는 '작은 사랑 아픈 어린이 돕기'에서 1997년 이후 27년째 지속하고 있는, 소아 희귀암 환자들을 위한 진료 지원비 전달 법회에 참석하기 위해 서울 삼선교에 자리한 정각사에 방문한 적이 있습니다. 형편이 어려워서 무릎 치료를 받지 못하는 성직자들이 진료를 받을 수 있도록 2천만 원의 성금을 기증한 것에 대해 정목 스님이 감사의 자리를 마련한 것이었습니다. 의사인 저도 처음 들어보는 희귀한 암으로 육신의 고통과 마음의 고통을 모두 겪고 있는 아이들과 그 부모들을 보면서 건강하게 생활할 수 있는 사람들이 오늘을 감사히 여겨야 할 것이라고 생각했습니다.

　행사에 참석한 사람들에게 전할 말씀을 스님이 요청하여, "기도는 반드시 이루어집니다. '우리 아이들의 삶이, 남아 있는 세월 동안 세상에 보탬이 될 수 있도록, 내가 매일 정성으로 할 수 있는 일을 찾아서 하겠습니다' 하고 기도하십시오. 여러분의 기도는 반드시 이루어질 것입니다" 하고 말씀드렸습니다. 제가 그분들께 바친 위로의 말씀이었습니다.

62

다시 어느 생을 기다려서

〈장엄염불〉 중에서

삼계를 윤회함은 두레박질 같아서
셀 수 없는 시간만큼 한량없이 오고 가네
이 생에 제 몸을 제도하지 않는다면
다시 어느 생을 기다려서 제도하리오

주천강 마애석불, 2023

숙고와 행동의 시점

숙고할 시간을 가지라.
하지만 행동해야 할 때가 되면
생각은 멈추고 곧장 뛰어들라.

Take time to deliberate, but when the time for action has
arrived, stop thinking and go in.

나폴레옹 보나파르트

온달산성, 2023

기꺼이 받아들이다

어느 해 설 연휴, 남한강 변의 문화 유적지를 답사하는 시간을 갖고자 하였습니다. 첫 번째 일정으로 잡은 주천강 변작은 암자의 미륵암 주련에서 〈장엄염불〉의 한 구절을 만났습니다. "삼계를 윤회함은 두레박질 같아서 (……) 다시 어느 생을 기다려서 제도하리오."

좌선 중 졸다가 죽비로 어깨를 얻어맞은 듯, 답사를 마친 후에도 내내 가슴과 입가에 맴돌았습니다.

나폴레옹의 공과 과에 대해서는 많은 분들의 의견이 나뉩니다. 그러나 그가 군인과 정치인으로서 탁월한 전략을 구사하였다는 사실을 의심하는 사람은 만나기 힘듭니다. 그가남긴 명언입니다. "숙고할 시간을 가지라. 하지만 행동해야할 때가 되면 생각은 멈추고 곧장 뛰어들라."

숙고의 시간과 행동의 시간을 적절하게 구사할 때 염두에둘 일이 있습니다. 세상에는 도움이 되지 않고 나에게만 도움이 되는 것은 하지 않아야 합니다. 옳은 길을 택할 것이지차선책을 택하지 않아야 합니다. 결정으로 인한 결과에 대해서 기꺼이 내가 받아들이겠다고 생각하는 순간 용기가 솟아납니다. 오늘 내가 내린 결정으로 인해서 비록 좋지 않은 결과가 온다고 하더라도 그것을 통해서 내가 더 성장하고 성숙하는 기회로 삼겠다고 마음먹으면 숙고의 시간도, 행동의 시간도 모두 찬란하게 빛이 날 것입니다.

63

평온함을 위한 기도

라인홀드 니버

주님

제가 바꿀 수 없는 것들을 그대로 받아들일 수 있는 평온함을,
바꿀 수 있는 것들을 바꿀 수 있는 용기를,
그리고 그 둘 사이를 구별할 수 있는 지혜를 허락하소서

하루를 살아도 한껏 살게 하시고
한순간을 살아도 실컷 즐기게 하소서

시련을 평화에 이르는 통로로 받아들이게 하시며
죄 많은 세상을 제 방식대로가 아니라, 주님이 그러신 것처럼,
존재하는 그대로 받아들이게 하시며

제가 주님의 뜻에 순종하기만 하면
주님께서 세상만사를 온전한 길로
이끄실 것이라는 믿음을 갖게 하소서
그리하여 저로 하여금 이 세상에서 적당히 행복하게 하시며
저 세상에서 주님과 더불어 가장 행복하게 하소서

남양성모성지 대성당, 2024

남양성모성지 성모자상, 2024

Prayer for Serenity / Reinhold Niebur

God

Grant me the serenity to accept the things I cannot change;

Courage to change the things I can;

and wisdom to know the difference.

Living one day at a time

Enjoying one moment at a time

Accepting hardships as the pathway to peace;

Taking, as he did, this sinful world as it is, not as I would have it.

Trusting that he will make all things right if I surrender to his will;

so that I may be reasonably happy in this life and supremely

happy with him forever and ever in the next.

자신의 마음

인간을 지배하는 것은 운명이 아니라
바로 자신의 마음이다.

Men are not prisoners of fate, but only prisoners of their own
minds.

프랭클린 루스벨트

남양성모성지 대성당, 2024

두 모습 한 분

라인홀드 니버 목사님의 「평온함을 위한 기도」는 제가
2000년 7월 미국 켄터키주 루이빌 인공관절센터에서 6개월
연수를 마치고, 낯선 도시 볼티모어에서 적응하려고 애쓸 무
렵 존스홉킨스병원 수술실 벽에서 읽은 기도문입니다. 이 글
은 처음 읽을 때부터 뜻과 느낌이 좋아서 연수 도중에도 자
주 다시 읽었고, 지금은 티케이 라이프 케어(TK Life Care) 환
자들을 위한 하루 세 번 기도 중 저녁 기도문으로 소개하고
있습니다.

많은 분들이 가장 한국적인 성모자상으로 숭모하는 남양
성모성지 성모자상은 우리나라는 물론 외국의 많은 성당
에 모셔지고 있습니다. 곱고도 인자한 엄마, 그 엄마의 치맛
자락에 매달린 아기예수의 모습을 담은 성모자상은 우리나
라의 성모자상을 가히 대표할 수 있다고 생각합니다. 긴 세
월 한결같이 성지를 일구어 온 이상각 신부님과 오상일 조
각가의 오랜 세월에 걸친 기도와 정진으로 탄생한 성모자
상입니다.

프랭클린 루스벨트 대통령은 제2차 세계대전을 연합국의 승리로 이끈 주역입니다. 그의 빛나는 헌신과 리더십이 없었다면 우리가 사는 세상은 지금과 많이 달랐을 것입니다. 그가 남긴 "사람은 운명의 노예가 아니고, 각자 마음의 노예다"라는 말은 불교 『천수경』에 나오는 "죄는 본래 자성이 없고 마음 따라 일어난다(罪無自性從心起)"의 가르침과 뜻을 함께합니다. 천수(千手)는 천 개의 손을 가진 자비하신 관세음보살을 상징하니 천주교의 성모님과 불교의 관세음보살님은 어쩌면 두 모습 한 분일 듯합니다.

64

기승전결, 뜻으로 다시 읽는 의상스님 법성게

초역 김태균 | 감수 김초혜

起(自利, 證分)

1. 법의 길 하나이어 두 개의 길이 없고
2. 모든 법은 청정하고 고요하네
3. 이름과 형상 없이 모든 경계 없어지니
4. 깨달음 없이는 그 무엇도 알 수 없네

承(自利, 緣起)

5. 세상의 이치는 깊고도 오묘하여
6. 본성에 매이지 않고 인연 따라 이루어져
7. 하나 속에 모두 있고 모두 속에 하나 있네
8. 하나가 모두이며 모두가 하나이네
9. 한 점 티끌이 온 세상을 품고 있고
10. 모든 한 점 티끌에 온 세상이 담겨 있네
11. 무량한 세월은 한 생각과 다름없고
12. 한순간 생각 역시 무량한 세월이네
13. 과거와 현재와 미래가 서로 얽혀있어도
14. 어지러이 섞이지 않고 별개로 각자 서네
15. 처음 내는 그 마음이 깨달음의 마음이고
16. 생사와 열반은 별개가 아닌 하나라네
17. 진리와 현상이 언제나 함께 있어
18. 모든 부처 보현보살 성현의 경지라네

19. 능히 부처님의 해인삼매에 들어가서

20. 불가사의 법문을 한량없이 베풀고

21. 생명 위한 감로수를 온누리에 뿌려주어

22. 모든 중생 그릇 따라 은혜 얻네

結(修行者方便及得利益)

23. 그러므로 수행자는 근본자리 지키면서

24. 얻지 못할 헛된 생각 버리고는

25. 조건 없는 방편으로 여의주를 갖게 하여

26. 각자 자리 돌아가서 그릇대로 얻게 하네

27. 신묘한 근본지혜로 끝없이 보배 만들어

28. 모든 법계 장엄하여 보배궁전 이루고

29. 언제나 진실한 중도자리 머무시니

30. 옛날부터 변함없이 그 이름 부처라네

연
휴게실

로터스와 밀레니엄 스마일, 2024

法性圓融無二相
諸法不動本來寂
無名無相絶一切
證智所知非餘境
眞性甚深極微妙
不隨自性隨緣成
一中一切多中一
一卽一切多卽一
一微塵中含十方
一切塵中亦如是
無量遠劫卽一念
一念卽是無量劫
九世十世互相卽
仍不雜亂隔別成
初發心時便正覺
生死涅槃常共和
理事冥然無分別
十佛普賢大人境
能入海印三昧中
繁出如意不思議
雨寶益生滿虛空
衆生隨器得利益
是故行子還本際
叵息妄想必不得
無緣善巧捉如意
歸家隨分得資糧
以陀羅尼無盡寶
莊嚴法界實寶殿
窮坐實際中道床
舊來不動名爲佛

단지 꿈일 뿐

계획 없는 목표는 단지 꿈에 불과하다.

A goal without a plan is just a wish.

앙투안 드 생텍쥐페리

티베트, 2008

복을 짓는 삶

"새해 복 많이 받으세요"는 새해 인사로 가장 많이 건네는 말입니다. 그러나 그 뜻을 가만히 살펴보면, 복은 내가 짓는 대로 받는 것이기에 과거에 내가 한 행동으로 오늘 그 복을 받는 것도 좋은 일이지만, 미래를 위해서 오늘 복을 지어가는 삶이 어쩌면 더욱 복된 일일 것입니다. 복을 짓는 방법 중에 매 순간을 기도하는 마음으로 살아가는 것만큼 좋은 방법도 없을 듯합니다.

의상 스님의 법성게(法性偈)는 50만 자가 넘는 화엄경 전체 내용을 7언 절구 30구, 즉 210자로 요약한 것인데, 스님께서 9년의 당나라 유학 생활을 마치면서 스승인 화엄종의 2조 지엄 스님께 제출하고 바로 인가를 받은 졸업 논문에 해당된다고 합니다. 깊고 넓은 화엄의 세계가 간결하고 아름다운 시어로 표현되어 있으며, 심오한 철학적 담론과 수행자의 실천을 위한 지침으로서의 내용까지 담겨 있습니다. 불가에서는 이승을 작별하고 명계를 향해 가는 영가가 꼭 배워야 하는 가르침으로, 빈소에서 틀어주는 게송이기도 합니다.

외래 진료 때 가끔 환자분들이 저에게 종교가 무엇인지 묻습니다. 교회에 다니는 환자분들은 저에게 장로님 같다고 하고, 성당에 다니는 분들은 회장님 같다고 하며, 절에 다니는 분들은 수행자 같다고 하는 경우가 종종 있습니다. 저는 스스로에게 말합니다. 인류의 모든 스승을 사모하고 따르는 사람이라고.

의상 스님 210자, 30줄 법성게를 읽고 외우고 되새기다 보면, 제가 이제까지 읽었던 많은 종교, 철학, 역사 서적에서 단편적으로 배웠던 지식들이 제 삶에서는 어떻게 실천되어야 하는지가 조금 더 분명하게 느껴집니다. 이제 꿈, 서원을 이루기 위해서 어떤 계획을 세우고 어떻게 실천하면서 지낼 것인가가 제게 주어진 숙제라고 생각합니다.

우리 모두 늘 기도하는 하루를 보내며 많은 복을 받고, 더 많은 복을 심어가는 세월을 만들기를 기원합니다.

수술과 재활을 마치고 퇴원하는 환자분들과 행복의 조건을 함께 생각하는 시간을 갖습니다. 저희 병원에서는 이런 시간을 지혜를 닦는 시간이라는 의미로 '위즈덤 세션'이라고 부릅니다. '무릎이 아프세요? 삶이 아프세요?'는 위즈덤 세션에서 마음 나누기 주제로 제가 하는 강의의 제목입니다.

"무릎이 아프면 삶이 아픕니다. 그러나 무릎이 아프지 않아도 삶이 아픈 경우가 많습니다. 그러면 아프지 않고 행복한 삶을 살기 위해서는 무엇을 해야 할까요?" 강의를 시작할 때, 참석한 분들에게 제가 드리는 질문입니다.

이어서 행복한 삶을 위해서 필요한 요소를 네 가지로 구분해서 설명합니다. 건강한 생활습관(식생활, 운동, 수면)을 유지하기 위한 '몸 건강', 늘 생각과 감정을 살펴서 흔들림 없이 편안한 감정을 유지하는 '감정 건강', 생각과 관심을 지나간 과거에도, 오지 않은 미래에도 두지 말고 지금 이 순간에 집중함으로써 현명한 판단을 내릴 수 있는 '마음 건강', 그리고 가치 있는 바른 삶을 향해서 한 걸음 한 걸음 걸어가는 '뜻 건강'에 대해서 알려드립니다.

가치 있는 삶, 바른 삶이란 무엇일까요? 바른 삶에 대한 정의는 사람마다 다를 수 있습니다. 그러나 "나로 인해서 내가 속한 세상(작게는 가족과 직장, 크게는 사회와 나라, 지구촌)이 더 좋은 곳이 되는 삶, 그리고 주변 사람들이 함께 행복해지는 삶"이라고 정리하는 것에 많은 분들이 공감합니다. 불가에서 말하는 자리이타(自利利他)의 경지를 일상에서 실천하는 삶입니다.

무릎이 아파도, 또 무릎이 아프지 않아도 삶은 누구에게나 아픕니다. 그러나 그 아픈 삶에서 우리의 지혜와 덕이 성장할 수 있으니 아픔을 피하려고 하지 말고, 아픔을 통해서 성장할 수 있도록 노력하는 것이 우리가 해야 할 도리라고 생각합니다.

시를 선정하고 그에 맞는 사진을 고르는 과정에서 저는 시인이 느꼈을 생각과 감정을 짐작해 보는데, 대부분의 경우가 아픔이었습니다. 눈앞에 펼쳐진 정경을 카메라에 담는 이해선 작가의 마음도 제게는 아픔이 묻어서 다가왔습니다.

그러기에 명시와 명언, 그리고 사진은, 상처에서 진주를 만들어내는 진주조개처럼, 아픔에서 탄생한 찬란한 보석처럼 다가옵니다. 이렇게 아픔에서 탄생한 시와 사진, 그리고 그들에 대한 저의 공감이 아픈 삶을 살아내야 하는 분들에게 위로가 될 수 있기를 바라며 3년 동안의 행복한 여정을 마치려 합니다.

부족한 책에 과분한 추천의 글을 써주신 두 분 선생님, 2017년 개원식에서 의사가 간직해야 할 마음의 근본 자리를 일깨워주신 조정래 작가님과, 언론인이자 시인으로서 바쁜 일정에도 늘 티케이 라이프 케어(TK Life Care) 팀의 뜻과 노력을 격려해 주시는 고두현 시인께 감사의 인사를 올립니다. 여러 가지로 미흡한 원고를 이렇게 멋진 책으로 엮어준 해냄의 박신애 편집장에게도 감사의 뜻을 전하고자 합니다.

김태균

| 작품 출처 |

1장 봄

- 마종기, 「우화의 강 1」, 『마종기 시전집』, 문학과지성사, 2014
- 엘리자베스 B. 브라우닝, 「내가 그대를 얼마나 사랑하느냐고요?」, 『엘리자베스 브라우닝의 사랑시』, 지식을만드는지식, 2011
- 김용택, 「참 좋은 당신」, 『달이 떴다고 전화를 주시다니요』, 마음산책, 2021
- 김초혜, 「안부」, 『사람이 그리워서』, 시학, 2008
- 정지용, 「호수 1」, 『정지용 시집』, 기민사, 1986
- 문삼석, 「그냥」, 『문삼석 동시선집』, 지식을만드는지식, 2015
- 김소월, 「먼 후일」, 『김소월시집』, 범우사, 1986
- 정지용, 「향수」, 『정지용 시집』, 기민사, 1986
- 시바타 도요, 채숙향 옮김, 「약해지지 마」, 『약해지지 마』, 지식여행, 2013
- 박노해, 「너의 때가 온다」, 『너의 하늘을 보아』, 느린걸음, 2022
- 신동문, 「내 노동으로」, 『신동문 전집』, 창비, 2020

2장 여름

- 이해인, 「7월은 치자꽃 향기 속에」, 『기쁨이 열리는 창』. 마음산책, 2017
- 도종환, 「벗 하나 있었으면」, 『당신은 누구십니까』, 창비, 1993
- 이육사, 「청포도」, 『이육사의 시와 산문』, 범우사, 2002
- 도종환, 「담쟁이」, 『당신은 누구십니까』, 창비, 1993
- 고두현, 「초행」, 『달의 뒷면을 보다』, 민음사, 2015
- 한용운, 「꿈이라면」, 『님의 침묵』, 열린책들, 2023
- 오세영, 「피는 꽃이 지는 꽃을 만나듯」, 『천년의 잠』, 시인생각, 2012
- 이원규, 「행여 지리산에 오시려거든」, 『행여 지리산에 오시려거든』, 지식을만드는지식, 2015
- 신동엽, 「껍데기는 가라」, 『껍데기는 가라』, 시인생각, 2013
- 퀸투스 호라티우스 플라쿠스, 김남우 옮김, 「묻지 마라, 아는 것이」, 『카르페 디엠』, 민음사, 2016
- 김용택, 「짧은 해」, 『달이 떴다고 전화를 주시다니요』, 마음산책, 2021

3장 가을

- 장석주, 「대추 한 알」, 『저게 저절로 붉어질 리는 없다』, 난다, 2021
- 고두현, 「물미해안에서 보내는 편지」, 『리더의 시, 리더의 격』, 한경BP, 2022
- 이해인, 「단풍나무 아래서」, 『희망은 깨어 있네』, 마음산책, 2010
- 한용운, 「이별은 미의 창조」, 『이별은 미의 창조』, 샘문, 2023
- 정채봉, 「너를 생각하는 것이 나의 일생이었지」, 『너를 생각하는 것이 나의 일생이었지』, 샘터, 2020
- 정채봉, 「엄마가 휴가를 나온다면」, 『너를 생각하는 것이 나의 일생이었지』, 샘터, 2020
- 김초혜, 「내생」, 『마음의 집』, 시학, 2024
- 한유, 이종한 옮김, 「장안성 남쪽에서 독서 중인 한부에게」, 『한유 논시시선』, 지식을만든지식, 2023
- 유치환, 「깃발」, 『청마시초』, 열린책들, 2023
- 이상집, 「나를 찾아가는 길」, 『나를 찾아가는 길』, 시학, 2024

4장 겨울

- 허형만, 「겨울 들판을 거닐며」, 『있으라 하신 자리에』, 문예바다, 2021
- 양광모, 「가장 넓은 길」, 『가장 넓은 길은 언제나 내 마음속에』, 푸른길, 2023
- 나태주, 「아끼지 마세요」, 『나태주 대표시 선집』, 푸른길, 2017
- 김초혜, 「만월(滿月)」, 『편지』, 시인생각, 2012
- 이황, 권혁화 외 옮김, 「임자년 정월 초이틀 입춘 날에 읊다」, 『매향유회』, 시간의물레, 2007
- 양광모, 「나는 배웠다」, 『가장 넓은 길은 언제나 내 마음속에』, 푸른길, 2023
- 김규동, 「해는 기울고」, 『김규동 시전집』, 창비, 2011

이 책에 수록된 작품은 저작권자에게 허락을 구하여 사용한 것입니다. 권리자를 찾지 못한 몇몇 작품들의 경우, 추후 연락을 주시면 사용에 대한 허락 및 조치를 취하도록 하겠습니다. 작품 인용을 허락해 주신 분들께 감사드립니다.

순간에서 영원을

초판 1쇄 2024년 7월 5일

엮고 지은이 | 김태균
사진 | 이해선
펴낸이 | 송영석

주간 | 이혜진
편집장 | 박신애 **기획편집** | 최예은 · 조아혜 · 정엄지
디자인 | 박윤정 · 유보람
마케팅 | 김유종 · 한승민
관리 | 송우석 · 전지연 · 채경민

펴낸곳 | (株)해냄출판사
등록번호 | 제10-229호
등록일자 | 1988년 5월 11일(설립일자 | 1983년 6월 24일)

04042 서울시 마포구 잔다리로 30 해냄빌딩 5 · 6층
대표전화 | 326-1600 **팩스** | 326-1624
홈페이지 | www.hainaim.com

ISBN 979-11-6714-082-1